集英社
インターナショナル

賢治から、あなたへ

世界のすべてはつながっている

ロジャー・パルバース

＊本書に掲載した宮沢賢治の作品は、青空文庫(http://www.aozora.gr.jp)に拠《よ》っています。
　また初心者にも読みやすいように、作品中には原文にはないルビをできるだけ補い、難しい意味の文や語句には、原文中に（＝◯◯）という形で注をつけました。

　なお、本書で紹介した宮沢賢治作品中には「すがめ」「びっこ」「つんぼ」などの障害者を侮蔑し差別する言葉、また「生蕃」「ジプシー」「ギリヤーク」などの人種差別的な呼称が用いられています。こうした表現は、人権上、今日の社会においては使用すべきではない、あるいは使用に際しては深い配慮を必要とするものですが、作品の創作時の時代背景、および文学作品がもつ固有の人格権、歴史的価値を鑑み、原文のまま掲載しております。これらの表現が抱えもつ問題について、注意深い態度で読んでいただくようお願い申し上げます。

＊カバー、宮沢賢治のシルエット：®林風舎

まえがき

いまこそ、わたしたちは宮沢賢治《みやざわけんじ》を読み直し、新たな視点から賢治の作品と思考を捉えなければなりません。そして、二十一世紀に宮沢賢治をよみがえらせなければなりません。

それにあたって、ぼくは賢治の小説や詩、十八篇を用意しました。なかには、みなさんが読んだことのあるものも含まれているでしょうが、なじみのないものもあるでしょう。みなさんには、これらの作品をぜひ新たな視点から読んでいただきたいと思います。

ぼくはあえて「新たな視点から」という表現を使いました。英語でいえば、“in a new light《イン ア ニュー ライト》”です。この表現は「新しい見方をする」という意味だけでなく、「新しい光を当てる」というニュアンスも持っています。

ぼくはみなさんに代わって、宮沢賢治のすばらしい世界に新しい光を当てたいのです。

新たな視点から賢治を読もうとすれば、これまでの読み方の一部を倉庫にしまっておかなくてはなりません。賢治の作品を読むとき、特に宗教の問題を倉庫にしまっておくよう、ぼくはみなさんにお願い申し上げます。

これがとんでもなく大きな冒険であることは、百も承知しています。もちろん、信仰は生前の賢治にとって一番大事なことでした。それは賢治のあらゆる小説、詩、戯曲の、ほぼすべての言葉のひだにまでしみこんでいます。賢治が死の床で父に望んだのは一〇〇〇部の法華経を人々に配ることだったといわれています。宗教に無関心な人だったならば、このような遺言を残すはずがありません。

でも、当時と大いに異なる時代に生きるわたしたちからすれば、作家や芸術家とは本来、その伝記とは関係なく、わたしたちの必要を満たしてくれるもの、向上心を刺激してくれるもの、夢をかなえてくれるものだと考えるのも大切なのです。

シェイクスピアの作品を例に挙げましょう。

いま彼の劇を監督したり演じたりする人々は、現代に生きるわたしたちに訴えかける方法でそれを上演しようとします。もちろん、ウィリアム・シェイクスピアが生きたエリザベス一世の時代を研究してもかまわないし、それほど遠い昔にシェイクスピアがどのような動機を持って作品を書いたのかを捉えようとしてもかまいません。

でも、わたしたちがいまこの時代に彼の劇を上演するとしたら、そうした方法は見当違いもいいところでしょう。わたしたちが文字通りの意味でシェイクスピアに「忠実」であろうとすれば、舞台で演じられる彼の劇は、時代遅れで味気のないものになるでしょう。

だから、ぼくがみなさんにお願いしたいのは、賢治の信仰心は一種の詩的象徴である、カットと捉えることです。

ヨーロッパの美しい教会に行き、その美しさにびっくり仰天することがあります。でもそのとき、わたしたちは、昔の人々が何かに取り憑《つ》かれたように教会を建てたときの信仰心など、そんなに気にしたりしないはずです。ぼくが言いたいのは、それと同じことなのです。

ぼくは、みなさんに賢治のすばらしい文学全体を味わい、理解してもらうことだけをお願いしているのではありません。賢治の作品とは劇のようなものであると捉え、みなさん自身にそれを演出し、演じてほしいのです。そして、みなさんに宮沢賢治の世界を解釈し直してほしいのです。それも、二十一世紀になって一〇年以上経った時代に生きる、わたしたちの視点から。

以前、『新バイブル・ストーリーズ』(集英社刊)という本を書いたとき、ぼくはそこで扱った聖書の一三の物語から、神さまに退場してもらうことにしました。

聖書には、それがまとめられ、文字に書き起こされるずっと前から、語り部《べ》の口を通じて受けつがれてきた物語があります。驚くべきことに、そういった物語では、愛や憎しみ、平和と戦争といった、いかにも人間臭い問題が劇的に描かれています。

実は、聖書はドラマであり、文学です。聖書の登場人物についてもっとくわしく知りたければ、聖書のあらゆるページに出没を繰り返す「ひげの老人」、つまり神さまを無視して、自分が知りたい人物だけに注意して、読み進んでいけばよいのです。

わたしたちがわたしたち自身の見方で聖書を読めば、聖書の教訓や本質は数千年の時を超えて、わたしたちに多くの人間的なものを直接語りかけてきます。「信仰深い」人々がどれほど純粋で善意にあふれていたとしても、そうした物語を一冊の本に閉じ込めてしまった彼らの見方ではこうはいきません。

賢治が作品に込めた、三つのテーマとは

では、そろそろ、二十一世紀の見方で宮沢賢治の作品を読んでいきたいと思います。

宮沢賢治の作品の最大のテーマとは、いったい何でしょうか？

第一に最も重要なのが、あらゆる生き物に対する賢治の愛情です。

そこには当然、人間も含まれています。わたしたちのほとんどにも当てはまることですが、賢治のこの感情の土台になっているのは、身近な人に対する愛です。

次に重要なのが、生物、無生物を問わず、この世界に存在するすべてのものを敬《うやま》い、慕《した》う気持ちです。

つまり、賢治は宇宙のあらゆる現象を、同じ意気込みで崇拝していたのです。たとえ、それがちっぽけなアブであろうと、ウニであろうと。サソリであろうと、ゾウであろうと。リンドウであろうと、ホタルブクロであろうと。川の小石であろうと、大きな山並みであろうと。ヒバリが飛びかう空であろうと、無数の星がまたたく夜空であろうと。

そして、宇宙。それも現在の宇宙にとどまらず、過去、未来の宇宙であろうとも、賢治の鋭いまなざしから逃れられるものは何一つないのです。

賢治の三つ目のテーマは、ぼくが「長い鏡」と考えているものです。

十九世紀のヨーロッパに、自然主義という文学の形式が現れました。人類に向けて鏡を立てか

け、人間に、その「ありのまま」の姿を見せることをめざした文学の運動でした。

でも、芸術が自然に存在するものを「ありのまま」に写し取ったことは一度たりともありません。「自然」(nature《ネイチャー》)という言葉のもともとの意味は「手つかずのもの」(natural《ナチュラル》)ですが、「芸術」(art《アート》)という言葉の意味は「手を加えたもの」(artificial《アーティフィシャル》)だからです。

絶頂期の自然主義文学を読めば、人間やその社会についてたくさんのことを知ることができます。それもとりわけヨーロッパの大作家が書いたものを読めば、わたしたちは自分たちの顔をまともにのぞけるようになります。でも、ぼくから見れば、それは単なる「小さな鏡」にすぎません。


それにくらべ、賢治がわたしたちに見せるのは、とてもとても大きくて長い鏡なのです。

賢治の鏡は独特です。ぼくの知っている作家や詩人で、賢治ほど見事に「過去」と「未来」を「現在」に編みこんだ人は他にはいません。

賢治はこう信じていました。

「わたしたちが現在見ているものを観察したり、議論したり、描写したりしようとするときは、遠い過去においてそこにあったはずのものと、未来においてそこにあるはずのものを、必ず考えに入れておかなければならない」

賢治にとっての「現在」とは、あらゆる時間や空間が含まれている「包括《ほうかつ》的な世界」です。だからこそ、一〇〇年前の賢治のメッセージはこれほどはっきりと現代のわたしたちにも訴えかけてくるのです。

賢治は無意味な議論にふけることはありませんでした。空想科学小説（SF）を書くことも、幻想小説を書くこともありませんでした。賢治は一瞬で時間の枠組みを打ちこわし、現在に未来を結びつけ、包みこむ、つまり「包括」することができたからです。

世界に生まれてきたすべてのものには、意味と価値と役割がある

しかし、「時の旅人」宮沢賢治は、次のようなメッセージも投げかけています。

いま、何歳であろうと、中学生であろうと、中年のサラリーマンであろうと、定年になった年配の人であろうと、「わたし」や「あなた」がこの世界に生まれ、存在しているかぎり、それぞれの存在に何らかの意味と価値と役割があることには変わりありません。

すべてのものがつながって成り立っているこの世界、この宇宙では、いま、それが存在しているかぎり、その存在には何らかの意味がある。

人間であれば、やろうと思えば、どんなにささいなことでも、何かをやれるはずです。昨日まで何もやっていなかったとしても、今日この瞬間からやることができる。つまり、いつでもやり直しがきくのです。たとえそれが小さなことでもどんなことでも、自分しかできない何かをやれば、他人も、社会をも変えることができます。「わたし」や「あなた」がまわりにあるさまざまな存在と積極的に関われば、ひょっとしてその変化は地球規模、いや宇宙規模のものにもなりえ

るでしょう。

　でも、もしあなたがいま、この世界からいなくなってしまったとしたら、世界には何の影響も与えず、世界は何も変わらないでしょう。でも、あなたが存在していれば、ほんの少しかもしれないけれど、世界の何かが確実に変わるでしょう。あなたが呼吸することでさえ、その瞬間の一挙手一投足によってでさえ、世界に何らかの影響を与えるでしょう。

　わたしやあなたは、気の遠くなるような過去と未来のまさに接点として、いまここに生きて、存在しているのです。

　賢治は彼自身の作品のなかのあらゆる表現を通じて、こう叫んでいます。

「いま、わたし、あるいは、あなたがこの世界に存在していることこそが驚きであり、奇跡なのだ」と。

　ぼくは日本に住んで四十五年以上になります。その間、日本人がこれほど深い「孤独」を感じているとはまったく知らずにいました。つまり、多くの人々は家族やふるさと、いま住んでいる地域や自然との「つながり」を失ってしまったようです。たとえば、地域とのつながりに関していえば、ぼくは『もし、日本という国がなかったら』(集英社インターナショナル刊)という本で、長い年月をかけて日本各地を旅し、地方の祭りや伝統行事を観てきた経験をまとめました。でも、こうした祭りや伝統行事はすたれつつあります。その一因は、人々がふるさとに「愛着」を感じなくなってしまったからではないかと思います。そして、この現象は、世界の他の国々でも起きているように思います。

どんなことがあっても、生き続けよ

いま、日本は大きな「分かれ道」にさしかかっています。それでも、わたしたちの「ふるさと」は、ここ「日本」しかありません。

人々の孤独には、もっと根の深い問題がつきまとっているようです。その問題というのは、わたしたちが自然や地球や宇宙との「つながり」を失いつつあるというものです。「いじめ」や「引きこもり」、自殺者の増加といった恐ろしい問題は、理由もなしに起こっているのではありません。多くの日本人、いや世界中の多くの人々は、自分の存在価値に自信や希望が持てなくなってしまいました。そして、こうした状況に対して打つべき手がないようにぼくは感じているのです。これが日本や世界のさまざまな社会問題の主な原因になっていると思います。

世界がこのような状況になってしまったからこそ、いままさに、賢治が必要になってくるにちがいありません。彼のメッセージはこういうものです。

どんな状況でも、わたしたち(自分)がいま存在していることには意味と役割があるのだと理解できるようになれば、いまはどんなに苦しくても、生き続ける意味がある。そして、希望も湧いてくるはずだ。もちろん、その意味と役割とは、人がおたがい同士と地球を大切にする。そして、自分の幸せのためには、他の人、いや、動物であれ植物であれ、山や川や森、水や空気や光であれ、宇宙のあらゆる存在を大切にしなければならない、ということです。

賢治は、『よだかの星』という、動物が星になる物語を書いています。しかし、賢治自身が、わたしたちの宇宙の星、他界した一九三三年に爆発した超新星なのです。いま、この瞬間にこそ、「宮沢賢治」という名の星のまばゆい光が地球にたどり着こうとしているのかもしれません。

☆

最後に、出版にあたって、とんでもない苦労をおかけした集英社インターナショナルの生駒正明さんと、すばらしい翻訳をしてくださった森本奈理さんに心から感謝します。
生駒さん、森本先生、ありがとうございます。

ロジャー・パルバース
二〇一三年一月、東京にて

第一章

「わたし」は「あなた」でもある

ぼくは船旅中、船室にこもろうなどとは思わない。
むしろ、マストの前に立ち、世界の甲板《かんぱん》に立ちたい。

ヘンリー・デイヴィッド・ソロー
『ウォールデン』

すべてのものは、おたがいにつながっている──『インドラの網』

動と静が同時に存在する物語

賢治にとって大切なのは物語の内容だけではありません。物語を包んでいる自然、特に、わたしたちの願いや希望をおたがいに伝えあう光や、風を運ぶ空気も大切なのです。

賢治の詩や小説を読むときはいつでも、風や空気の描写によって生み出される物語の背景や雰囲気に、しっかりと注意してみてください。これから紹介する『インドラの網』という物語（P.31〜）を理解するためには、このことが特に大切になると思います。

『インドラの網』で注目してもらいたいのは、賢治が動と静を同時に創り出していることでしょう。

これは、本来絵画が成し遂《と》げてきたことです。

ヴィンセント・ヴァン・ゴッホの『星月夜《ほしづきよ》』を見てみましょう。この絵では、空の幻想的な運動の一瞬が見事に捉えられています。

さらに、ヨハネス・フェルメールの『牛乳を注ぐ女』も見てみましょう。水差しから注ぎ出されている牛乳の「動」の一瞬が見事に捉えられています。

これら二つの絵を見ていると、まるでわたしたちまでが、動と静が同時に存在するような奇妙な時間に捕《と》らわれてしまったかのような気持ちになります。

一瞬百由旬《いっしゅんひゃくゆじゅん》を飛んでいるぞ。

この物語の文中には、天人《てんにん》が翔《か》ける様子を描いたこのような表現が出てきますが、この天人は一瞬で何百キロも移動することができるのです(文中の「由旬」とは、サンスクリット語の「ヨージャナ」を意味した、古代インドの距離の単位です。所説ありますが、一由旬は約七、八キロメートルといわれています)。しかし、すぐその次に、賢治は次のような文章を書いています。

けれども見ろ、少しも動《うご》いていない。

逆説的に見えるかもしれませんが、ここでは、時間が現在に静止していながら、未来へと流れ続けているのです。賢治の世界では、現在も、過去や未来とおたがいにつながっているからです。時間というのは、実は未来へ流れると同時に、ずっと現在にもとどまり続けるものだ、と賢治は捉えているのです。

幻想を見ている主人公の「青木《あおき》」は、コウタンという場所にいます。

コウタンは中華人民共和国新疆《しんきょう》ウイグル自治区にある砂漠で、一八九六年から一九一〇年にかけて、探検家スヴェン・ヘディンとオーレル・スタインは、この地に紀元前二世紀から紀元後一二世紀まで栄えた遺跡を発掘しました。日本でも、二十世紀初め、探検家で浄土真宗の高僧だった大谷光瑞《おおたにこうずい》が、仏教研究のためにこの地の探検と調査を行《おこ》なう日本独自の特別チームを組織し、三度資金を提供しました。

この探検調査は当時、とても多くの日本人の興味をひきつけたので、賢治もこのことについて知っていたはずです。

青木は三人の天の子どもに出会い、その子どもたちはインドラの網をさし示します。この網の描写はとてもすばらしいものです。そして、再び(太鼓の音をかなでる)風と、まるで「反物質」のように、「マイナスの太陽(中略)暗《くら》く藍《あい》や黄金や緑《みどり》や灰《はい》いろに光り」、大気に充満する色とりどりの万華鏡に、スポットライトが向けられます。

現在には、過去と未来が含まれている

『インドラの網』という作品は、賢治の目から見た宇宙の真理をわたしたちに垣間《かいま》見せてくれます。わたしたちは、この世界で起きるあらゆる現象や、過去や現在、未来とつながっているので、「いま」とは異なる時代や「ここ」とは異なる場所をながめることができます。

これだけだと、とても抽象的な言い方に聞こえるかもしれないので、どういうことか、わかりやすい例で説明しましょう。

オーストラリア大陸のほぼど真んなかにあるキングス・キャニオンをご存じでしょうか？　赤

い平野からそびえ立つ山は、まるで火星にある風景のようです。山登りが苦手のぼくにとっては、“Heart《ハート》 Attack《アタック》 Hill《ヒル》”（心臓破りの山）とも呼ばれているその山の五・五キロ登山コースはちょっと辛いものでした。でも、フライパンのような平たい山頂にたどり着いたとき、「ああ、やっぱり登る甲斐があった」としみじみ感じました。

もちろん、そこからの赤い砂漠のすばらしい眺めに感動したからでもあるけれど、ぼくが何より興奮したのは、その山頂にあった化石です。岩に埋め込まれていたのは、三葉虫《さんようちゅう》のみごとな化石でした。三葉虫は、およそ五億年前に海底をはったり、泳いだりしていた節足《せっそく》動物です。

つまり、オーストラリアの真んなかにあり、現在一番近くの海から一〇〇〇キロも離れているキングス・キャニオンは、大昔は海のなかにあったのです。こういった「現在」の発見は、いつか遠い将来にはここがまた海のなかに沈んでしまうかもしれないという「未来」を、わたしたちに思い知らせます。

もう一つ似たような例を、賢治の『銀河鉄道の夜』から挙げましょう。

空の旅を楽しんでいたジョバンニとカムパネルラは、約五〇〇万年前から約二五八万年前までのあいだにできた、プリオシン海岸という場所にたどり着きます。そこには、長靴をはいた「学者らしい人」が科学調査を行なっていました。その学者らしい人は、二人にこう言います。

「ここは百二十万年前、第三紀のあとのころは海岸でね……」

つまり、「現在」の地球の環境を研究すれば、「過去」の証人のようなものがいっぱい出てくるのです。さらにそれを研究していけば、地球はこれからどうなるのかを予測することも可能です。特に地球温暖化が進んでいるいま、こういう研究はとても大事です。東京、ニューヨーク、シドニー……、沿岸部にあるすべての大都会は、ある「未来」に、再び海に埋没するかもしれません。

このように、わたしたちの「現在」は、わたしたちの「過去」とわたしたちの「未来」と、必然的につながっているのです。

ところで、この文中には「ツェラ高原」という地名が出てきます。これまで「ツェラ高原」は賢治の創作だといわれてきました。でもぼくは、それはまちがいだと思います。「ツェラ高原」は、インド北部にあるヒマラヤ山脈の海抜四〇〇〇メートル以上の地点にある峠のことです。

わたしたちは、想像力によって、どんな空間や時間にも移動できる

賢治が生み出した世界、感じていた世界をひと言でまとめるなら、ぼくは「わたしたちがおたがいにつながっている世界(interconnectedness)《インターコネクティッドネス》」だと思います。

もう少しわかりやすくいうと、生物であれ、無生物であれ、この宇宙に存在するものは、すべてがおたがいに密接に関係しあっている世界、あるいは、おたがいに密接に関係しあうことでしか何一つとして存在できない世界、ということです。

一見したところ、賢治の世界は孤独に思えるかもしれません。

事実、賢治は孤独な人物や動物について、詩や物語をたくさん書きました。こうした主人公はそれぞれまったくちがう場所や変わった状況にいるのですが、どういうわけか、そこにそれ以上とどまれません。

そして、賢治の詩や小説の主人公は、みんな賢治の「別の一面」あるいは「別の自分」になっています。

ふだん、わたしたちはこの「別の自分」を意識することはめったにありませんが、それでも、そこには「本当の自分」が隠されていることもあります。だから、作家や詩人が「別の自分」を自分の作品の登場人物に仕立てあげるのはよくあることです。

賢治はよく、詩や物語のなかに、自分をそのまま登場させることがあります。たとえば、『札幌市』という題名の哀しげな詩のなかでは、賢治は札幌のベンチにひとりたたずんでいます。また、賢治は比喩《ひゆ》的に「木」として作品に登場することさえあります（『何と云《い》はれても』のP.49参照）。

そして、この『インドラの網』で、賢治は人類学者「青木晃《あおきあきら》」の姿を取って現れています。

『インドラの網』は、賢治の全作品のなかで、抜きん出てすばらしい描写がなされています。

この物語は、わたしたちに絢爛《けんらん》たる色彩の万華鏡を見せてくれます。

賢治のこの色彩の世界を見ると、ぼくはフランスの画家ポール・セザンヌの深い洞察力のある、次のような発言を思い出さずにはいられません。

「自然の本質はその外側にあるのではなく、内側にあるのだ。外側の色彩が内側も示している。色彩こそが世界の本当の姿を示しているのだ」

『インドラの網』で賢治がわたしたちに示しているのは、まさにこの「世界の本当の姿」なのです。

この物語は極楽《ごくらく》の入り口で展開していく夢の世界です。これを読めば、わたしたちはこう理解することができるでしょう。

自分の想像力をかきたてれば、わたしたちは生と死や、時の移り変わりについての真実を垣間見ることができる。

想像力を働かせれば、わたしたちはどんな空間、どんな時間にでも移動できるようになる。

これがこの短編で賢治が伝えようとした美しいメッセージの一つである、とぼくは思います。

わたしたちは、わたしたち人間しか持ちえないであろうこの想像力を仲立ちにすれば、空間、時間をも含んだこの宇宙のすべてのものとつながっていることを実感できるのです。

わたしのなかにあるものはすべて、あなたのなかにもある

インドラの網というのは、仏教の思想家が三世紀に作り出した、宇宙の哲学的なイメージです。そこには、すべてを取り込むこの網の繊維のすみずみにまで、無数の露《つゆ》が存在しています。そして、その露はちょうど球形の鏡のような働きをしていて、目に見えるあらゆるものとできごとをそこに映し出しているのです。

そして、この無数の露のひと粒ひと粒は、この宇宙に存在するあらゆるもののひとつひとつを

意味しています。

試しに、そのなかのあるひと粒の露(球形の鏡)に思いきり近づいてみましょう。するとそこには、宇宙のあらゆるものの像《イメージ》が映しこまれているのが見えるはずです。つまり、「わたし」や「あなた」だけでなく、それ以外のすべてのものの姿も見えるでしょう。

さらに、露に映った像は、まわりにある無数の露に向けて何度も何度も放射されます。そうして、別の無数の露に映った像もまた、まわりの無数の露に向けて放射されるのです。

つまり、このインドラの網のイメージは、生物であれ無生物であれ、そこに存在するものは、すべてこの無限の宇宙を構成する一部分である。それと同時に、その一部分には、この宇宙のあらゆるものが含まれているということを表しているといえます。

この真理をわたしたち人間に限って考えてみれば、他人《あなた》のなかにあるものはすべて自分《わたし》のなかにもある。そして、自分《わたし》のなかにあるものはすべて他人《あなた》のなかにもある、ということです。

賢治は『インドラの網』という作品のなかで、おたがいがおたがいと無限に関係しあった世界を示しているのです。別の言い方をすれば、わたしたちみんながおたがいにつながっているということは、たとえそれがどんなものであれ、おたがいにおたがいの運命を共有している、あるいは好き嫌いにかかわらず、おたがいにおたがいの運命を共有せざるをえないということでもあります。また、どんなに小さなものであれ、どんなにささいなことであれ、あるものの存在や行動は、宇宙のあらゆるものに影響を与える、ということでもあります。

わたしたちは、肉体によっておたがいに物理的に切り離されていますが、「一時的で機械的に」

切り離されているだけです。実は、空間的、時間的にどんなに離れていても、わたしたちはおたがいの運命を共有しあい、おたがいに影響しあって存在しているのです。

だから、

他人《あなた》が幸せになるまで、自分《わたし》は幸せになれない。

他人《あなた》が不幸であれば、自分《わたし》も不幸になる。

自分《わたし》が不幸であれば、他人《あなた》も不幸になる。

賢治は、そう考えたのです。

「わたしやあなたが、いまここに存在している」という奇跡

今度は、逆のことを考えてみます。

もう一度、わたしたちのまわりに張りめぐらされたインドラの網のなかにある「露のしずく」をのぞいてみましょう。そこには、自分(わたし)のほかに、あなたも、それ以外のすべてのものもいっしょに映っていたはずです。つまり、自分(わたし)は決して孤独ではない、一個の「疎外された存在」ではないということがわかるでしょう。

だから、賢治の作品のなかの人物がどれだけ孤独に見えようとも、それはあくまでも表面だけのことにすぎないのです。わたしもあなたも孤独ではありません。どんなに小さくても、わたしやあなたは森羅万象《しんらばんしょう》のなかのきわめて大切な一部だからです。

しかし、というか、だからこそ、あなたの行動は、他のあらゆる人々、あらゆるものやできごとに影響を与えるということでもあります。同時に、他のあらゆる人々の行動は、あなたにも影響を与えるということです。

宇宙の絶対的な真理をこのように捉えるならば、「自分(わたし)、あるいは他人(あなた)がいまここに存在している」、つまり、「いま、ここに生きている」という現象(事実)は、まさに驚くべき「奇跡」である、とぼくは思います。

わたし、あるいはあなたは、いまこの瞬間、そしてこれから先の未来永劫《えいごう》、宇宙のあらゆるものとできごとに影響を与えているからです。そして、いまここにわたしやあなたが存在しているのは、膨大な過去のできごとのつながりの、確かで揺るがぬ結果である、という奇跡でもあります。

「いま、ここに生きている」という意味をこのように捉えるならば、どんなささいなことであれ、どんな類《たぐい》のものであれ、悪いふるまいをすることがどんな結果を生むかがわかると思います。

そのことを理解すれば、人をいじめることもないでしょう。人を殺すこともないでしょう。必要もなく環境を破壊することもないでしょう。なぜなら、そうした行為は、結局はめぐりめぐって、自分を滅ぼす行為になるからです。

賢治は、およそ一〇〇年前、その作品を通じて、すでにこのようなメッセージをわたしたちに送っていたのです。

インドラの網

そのとき私は大へんひどく疲《つか》れていてたしか風と草穂《くさぼ》との底に倒《たお》れていたのだとおもいます。

その秋風の昏倒《こんとう》(=目がくらんで倒れること)の中で私は私の錫《すず》いろの影法師《かげぼうし》にずいぶん馬鹿《ばか》ていねいな別《わか》れの挨拶《あいさつ》をやっていました。

そしてただひとり暗《くら》いこけもの敷物《カアペット》を踏《ふ》んでツェラ高原をあるいて行きました。

こけももには赤い実《み》もついていたのです。

白いそらが高原の上いっぱいに張《は》って高陵産《カオリンさん》(=中国の磁器《じき》の名産地)の磁器よりもっと冷《つめ》たく白いのでした。

稀薄《きはく》な空気がみんみん鳴っていましたがそれは多分は白磁器《はくじき》の雲の向《むこ》うをさびしく渡《わた》った日輪《にちりん》(=太陽)がもう高原の西を劃《かぎ》る(画する)黒い尖々《とげとげ》の山稜《さんりょう》の向うに落《お》ちて薄明《はくめい》が来たためにそんなに軋《きし》んでいたのだろうとおもいます。

私は魚のようにあえぎながら何べんもあたりを見まわしました。

ただ一かけの鳥も居《い》ず、どこにもやさしい獣《けだもの》のかすかなけはいさえなかったのです。

(私は全体《ぜんたい》何をたずねてこんな気圏《きけん》(=大気圏)の上の方、きんきん痛《いた》む空気の中をあるいているのか。)

私はひとりで自分にたずねました。

こけももがいつかなくなって地面《じめん》は乾《かわ》いた灰《はい》いろの苔《こけ》で覆《おお》われところどころには赤い苔の花もさいていました。けれどもそれはいよいよつめたい高原の悲痛《ひつう》を増《ま》すばかりでした。

そしていつか薄明《はくめい》は黄昏《たそがれ》に入りかわられ、苔の花も赤ぐろく見え西の山稜《さんりょう》の上のそらばかりかすかに黄いろに濁《にご》りました。

そのとき私ははるかの向《む》こうにまっ白な湖《みずうみ》を見たのです。

(水ではないぞ、また曹達《ソーダ》や何かの結晶《けっしょう》だぞ。いまのうちひどく悦《よろこ》んで欺《だま》されたとき力を落《お》しちゃいかないぞ。)私は自分で自分に言いました。

それでもやっぱり私は急《いそ》ぎました。

湖はだんだん近く光ってきました。間もなく私はまっ白な石英《せきえい》の砂《すな》とその向うに音なく湛《たた》えるほんとうの水とを見ました。

砂がきしきし鳴りました。私はそれを一つまみとって空の微光《びこう》にしらべました。すきとおる複六方錐《ふくろくほうすい》の粒《つぶ》だったのです。

(石英安山岩《せきえいあんざんがん》か流紋岩《りゅうもんがん》から来た。)

私はつぶやくようにまた考えるようにしながら水際《みずぎわ》に立ちました。

(こいつは過冷却《かれいきゃく》の(=冷えすぎた)水だ。氷相当官《こおりそうとうかん》なのだ。)私はも一度《いちど》こころの中でつぶやきました。

全《まった》く私のてのひらは水の中で青じろく燐光《りんこう》を出していました。

あたりが俄《にわか》にきいんとなり、

(風だよ、草の穂《ほ》だよ。ごうごうごうごう。)こんな語《ことば》が私の頭の中で鳴りました。まっくらでした。まっくらで少しうす赤かったのです。

私はまた眼《め》を開《ひら》きました。

いつの間にかすっかり夜になってそらはまるですきとおっていました。素敵《すてき》に灼《や》きをかけられてよく研《みが》かれた鋼鉄製《こうてつせい》の天の野原に銀河《ぎんが》の水は音なく流《なが》れ、鋼玉《こうぎょく》の小砂利《こじゃり》も光り岸《きし》の砂も一つぶずつ数えられたのです。

またその桔梗《ききょう》いろの冷《つめ》たい天盤《てんばん》(=空)には金剛石《こんごうせき》(=ダイヤモンド)の劈開片《へきかいへん》(=割れたかけら)や青宝玉《せいほうぎょく》の尖《とが》った粒やあるいはまるでけむりの草のたねほどの黄水晶《きずいしょう》のかけらまでごく精巧《せいこう》のピンセットできちんとひろわれきれいにちりばめられそれはめいめい勝《かっ》手《て》に呼吸《こきゅう》し勝手にぷりぷりふるえました。

私はまた足もとの砂《すな》を見ましたらその砂粒《すなつぶ》の中にも黄いろや青や小さな火がちらちらまたたいているのでした。恐《おそ》らくはそのツェラ高原の過冷却湖畔《かれいきゃくこはん》も天の銀河《ぎんが》の一部《いちぶ》と思われました。

けれどもこの時は早くも高原の夜は明けるらしかったのです。

それは空気の中に何かしらそらぞらしい硝子《ガラス》の分子のようなものが浮《うか》んできたのでもわかりましたが第一《だいいち》東の九つの小さな青い星で囲《かこ》まれたそらの泉水《せんすい》のようなものが大へん光が弱くなりそこの空は早くも鋼青《こうせい》から天河石《てんがせき》（＝美しい緑青色《ろくしょう》の宝石）の板《いた》に変《かわ》っていたことから実《じつ》にあきらかだったのです。

その冷《つめ》たい桔梗色《ききょういろ》の底光《そこびか》りする空間を一人の天（＝天人）が翔《か》けているのを私は見ました。（とうとうまぎれ込《こ》んだ、人の世界《せかい》のツェラ高原の空間から天の空間へふっとまぎれこんだのだ。）私は胸《むね》を躍《おど》らせながら斯《こ》う思いました。

天人《てんにん》はまっすぐに翔けているのでした。

（一瞬百由旬《いっしゅんひゃくゆじゅん》を飛んでいるぞ。けれども見ろ、少しも動《うご》いていない。少しも動かずに移《うつ》らずに変らずにたしかに一瞬百由旬ずつ翔けている。実にうまい。）私は斯うつぶやくように考えました。

天人の衣《ころも》はけむりのようにうすくその瓔珞《ようらく》（＝宝石などで作られた装身具）は味爽《まいそう》（＝夜明けの頃）の天盤《てんばん》からかすかな光を受《う》けました。

（ははあ、ここは空気の稀薄《きはく》が殆《ほと》んど真空に均《ひと》しいのだ。だからあの繊細《せんさい》な衣のひだをちらっと乱《みだ》す風もない。）私はまた思いました。

天人は紺《こん》いろの瞳《ひとみ》を大きく張《は》ってまたたき一つしませんでした。その唇《くちびる》は微《かす》かに哂《わら》いまっすぐにまっすぐに翔《か》けていました。けれども少しも動かず移らずまた変りませんでした。

(ここではあらゆる望《のぞ》みがみんな浄《きよ》められている。願《ねが》いの数はみな寂《しず》められている。重力《じゅうりょく》は互《たがい》に打《う》ち消《け》され冷《つめ》たいまるめろ(=香りの高いセイヨウカリンの木)の匂《にお》いが浮動《ふどう》するばかりだ。だからあの天衣《てんい》の紐《ひも》も波《なみ》立たずまた鉛直《えんちょく》(=垂直)に垂れないのだ。)

けれどもそのとき空は天河石《てんがせき》からあやしい葡萄瑪瑙《ぶどうめのう》の板《いた》に変《かわ》りその天人の翔ける姿《すがた》をもう私は見ませんでした。

(やっぱりツェラの高原だ。ほんの一時のまぎれ込《こ》みなどは結局《けっきょく》あてにならないのだ。)

斯《こ》う私は自分で自分に誨《おし》える(=教える)ようにしました。けれどもどうもおかしいことはあの天盤のつめたいまるめろに似《に》たかおりがまだその辺《へん》に漂《ただよ》っているのでした。そして私はまたちらっとさっきのあやしい天の世界《せかい》の空間を夢《ゆめ》のように感《かん》じたのです。

(こいつはやっぱりおかしいぞ。天の空間は私の感覚《かんかく》のすぐ隣《とな》りに居《い》るらしい。みちをあるいて黄金いろの雲母《うんも》のかけらがだんだんたくさん出て来ればだんだん花崗岩《かこうがん》に近づいたなと思うのだ。ほんのまぐれあたりでもあんまり度々《たびたび》になるととうとうそれがほんとになる。きっと私はもう一度《いちど》この高原で天の世界《せかい》を感ずることができる。)私はひとりで斯《こ》う思いながらそのまま立っておりました。

そして空から瞳《ひとみ》を高原に転《てん》じました。全《まった》く砂《すな》はもうまっ白に見えていました。湖は緑青《ろくしょう》よりももっと古びその青さは私の心臓《しんぞう》まで冷《つめ》たくしました。

ふと私は私の前に三人の天の子供《こども》らを見ました。それはみな霜《しも》を織《お》ったような羅《うすもの》(＝透《す》けて見えるような薄い織物《おりもの》)をつけすきとおる沓《くつ》(＝靴)をはき私の前の水際《みずぎわ》に立ってしきりに東の空をのぞみ太陽《たいよう》の昇《のぼ》るのを待《ま》っているようでした。その東の空はもう白く燃《も》えていました。私は天の子供らのひだのつけようからそのガンダーラ系統《けいとう》なのを知りました。またそのたしかに于闐大寺《こうたんだいじ》の廃趾《はいし》から発掘《はっくつ》された壁画《へきが》の中の三人なことを知りました。私はしずかにそっちへ進《すす》み愕《おどろ》かさないようにごく声低《ひく》く挨拶《あいさつ》しました。

「お早《はよ》う、于闐大寺の壁画の中の子供さんたち。」

三人一緒《いっしょ》にこっちを向《む》きました。その瓔珞《ようらく》のかがやきと黒い厳《いか》めしい瞳。

私は進みながらまた云《い》いました。

「お早う。于闐大寺の壁画の中の子供さんたち。」

「お前は誰《だれ》だい。」

右はじの子供《こども》がまっすぐに瞬《またたき》もなく私を見て訊《たず》ねました。

「私は于闐大寺を沙《すな》(＝砂)の中から掘《ほ》り出した青《あお》木《き》晃《あきら》というものです。」

「何しに来たんだい。」少しの顔色もうごかさずじっと私の瞳《ひとみ》を見ながらその子はまたこう云《い》いました。

「あなたたちと一緒《いっしょ》にお日さまをおがみたいと思ってです。」

「そうですか。もうじきです。」三人は向《むこ》うを向《む》きました。瓔珞《ようらく》は黄や橙《だいだい》や緑《みどり》の針のようなみじかい光を射《い》、羅《うすもの》は虹《にじ》のようにひるがえりました。

そして早くもその燃《も》え立った白金のそら、湖《みずうみ》の向うの鶯《うぐいす》いろの原のはてから熔《と》けたようなもの、なまめかしいもの、古びた黄金、反射炉《はんしゃろ》の中の朱《しゅ》、一きれの光るものが現《あら》われました。

天の子供《こども》らはまっすぐに立ってそっちへ合掌《がっしょう》しました。

それは太陽《たいよう》でした。厳《おごそ》かにそのあやしい円《まる》い熔けたようなからだをゆすり間もなく正しく空に昇《のぼ》った天の世界《せかい》の太陽でした。光は針や束《たば》になってそそぎそこらいちめんかちかち鳴りました。

天の子供らは夢中《むちゅう》になってはねあがりまっ青《さお》な寂静印《じゃくじょういん》(＝悩みや苦しみの消えた象徴)の湖の岸硅砂《きしけいしゃ》の上をかけまわりました。そしていきなり私にぶっつかりびっくりして飛《と》びのきながら一人が空を指《さ》して叫《さけ》びました。

「ごらん、そら、インドラの網《あみ》を。」

私は空を見ました。いまはすっかり青ぞらに変《かわ》ったその天頂《てんちょう》から四方の青白い天末《てんまつ》(＝空の端《はし》)までいちめんはられたインドラのスペクトル製《せい》の網、その繊維《せんい》は蜘蛛《くも》のより細く、その組織《そしき》は菌糸《きんし》(＝非常に細い糸)より緻密《ちみつ》に、透明清澄《とうめいせいちょう》で黄金でまた青く幾億互《いくおくたがい》に交錯《こうさく》し光って顫《ふる》えて燃えました。

「ごらん、そら、風の太鼓。」も一人がぶっつかってあわてて遁《に》げ(＝逃げ)ながら斯《こ》う云《い》いました。ほんとうに空のところどころマイナスの太陽ともいうように暗《くら》く藍《あい》や黄金や緑《みどり》や灰《はい》いろに光り空から陥《お》ちこんだようになり誰《だれ》も敲《たた》かない(＝叩かない)のにちからいっぱい鳴っている、百千のその天の太鼓は鳴っていながらそれで少しも鳴っていなかったのです。私はそれをあんまり永《なが》く見て眼も眩《くら》くなりよろよろしました。

「ごらん、蒼孔雀《あおくじゃく》を。」さっきの右はじの子供が私と行きすぎるときしずかに斯う云いました。まことに空のインドラの網のむこう、数しらず鳴りわたる天鼓《てんこ》のかなたに空一ぱいの不思議《ふしぎ》な大きな蒼い孔雀が宝石製《ほうせきせい》の尾《お》ばねをひろげかすかにクウクウ鳴きました。その孔雀はたしかに空には居《お》りました。けれども少しも見えなかったのです。たしかに鳴いておりました。けれども少しも聞えなかったのです。

そして私は本統《ほんとう》(＝本当)にもうその三人の天の子供らを見ませんでした。

却《かえ》って私は草穂《くさぼ》と風の中に白く倒《たお》れている私のかたちをぼんやり思い出しました。

すべてのものは再生を繰り返す――『何と云《い》はれても』／『胸はいま』

わたしたちは、おたがいにおたがいを切り離すことはできない

この本の第一章のテーマは、「『わたし』は『あなた』でもある」です。

聖地エルサレムで生まれた世界三大宗教、つまりユダヤ教やキリスト教、イスラム教の信者は、何世紀にもわたって一つのことを自分に問いかけてきました。

それは、

「なぜ、『わたし』はこの地球上に生み落とされたのだろうか」

つまり、

「『わたし』の人生の目的とは、いったい何なのだろうか」

という疑問です。

これら三つの一神教の聖職者が出す答えは、

「神に奉仕すること」

です。

賢治もとても深い信仰心を持っていました。でも、賢治が自分に問いかけたことは、それとはちがうものでした。それは、

「『わたし』はなぜ、いまここに存在している『わたし』なのか」

という疑問です。

悲劇的なことが自分の身にふりかかることもあります。それはたとえば、重い病気にかかったり、ひどい障害を持った赤ん坊が生まれてしまったり、事故の巻きぞえを食らったり、自然の災害や戦争などに遭《あ》ったり、いわれのないいじめを受けたり、会社を首になったり、自分の店が倒産したりすることです。

そうしたとき、多くの人が最初に思うのは、「どうしてそれが『わたし』に起こったのだろう」ということです。当然ながら、不幸に見舞われた人がだれであっても、その人からすれば、犠牲者は「わたし」だからです。

「『わたし』はなぜ、いまここに存在しているのか」という問いに対して、賢治はユニークな答えを出しています。前の作品、『インドラの網』に込められた賢治のメッセージを思い出してください。その答えはこうです。

「よろしい。『わたし』は『わたし』だ。でも、『わたし』はあなたでもある。『わたし』は『わたし』自身であると同時に、『わたし』以外のすべての人でもあるのだ」

ところで、人間のからだのなかで最大の器官は皮膚《ひふ》です。

皮膚はわたしたちをまわりのものごとすべてから保護しながら、わたしたちをそこから引き離しもします。ぼくが手を差し出すと、ぼくの皮膚はあなたの皮膚に触れます。ぼくが手を引くと、二つの皮膚はまた離れ離れになります。

だとすれば、いったいどうしたら、ぼくはぼく自身でありながら、ぼく以外のすべての人でもあることができるのか？

これが「宮沢賢治のパラドックス《逆説》」です。ぼくがこれから説明したいのは、このパラドックスについてです。

でも、実際、賢治に言わせれば、これはパラドックスでも何でもありません。人間（わたし）が「自分という一個人」でありながら、同時に「すべての人」でもあるのは完全に道理にかなっているからです。

ここで再び、『インドラの網』を思い出してください。

まず、宇宙をつつみこむ無限に大きい網の上の「露のしずく」の一粒には、無数のものが反射し、映し出されていましたね。ぼくは、反射しているそれらのなかに、ぼく自身だけでなく、みなさんひとりひとりの姿も見ています。つまり、ぼくもあなたも、おたがいに広大な宇宙の小さなかけらなのだと理解することで、わたしたちはまったく同じ「一つのもの」になる。つまり、わたしたちはおたがいにおたがいを切り離すことができないのです。

わたしもあなたも、この世界になくてはならない存在である

でも、同じ時刻、同じ場所にいたとしても、わたしたちは外見やしぐさ、いわゆる個性を形作

るすべての点で、ユニーク《独自》な存在です。

わたしたちは、それぞれ孤立しているという先入観のせいで、しばしば孤独や寂しさを感じることがあります。これは賢治も実感していたことです。その感情があまりに強かったために、ぼくは賢治が鬱《うつ》病をわずらっていたのではないかとさえ考えています。

賢治の小説や詩の登場人物の多くは孤独で、まわりからの誤解に苦しんでいます。彼らは他人とふれあい、コミュニケーションを取りたいと願っているのに、そうできないでいます。

では、一個人であるわたしたちは、どうすれば孤独ではないことに気づけるのでしょうか。

それは、わたしたちひとりひとりは、他の生きとし生けるものや、この世界の森羅万象にとって、なくてはならない絶対に必要な存在なのだと理解することです。そして、たとえいま、どんな境遇にあったとしても、自分の存在は、山、森、川、石、砂、動物、植物、光、風、水、この世界のすべてとつながっているのだと理解することです。そうすれば、孤独感とは逆に、家族や友人はもちろん、植物や動物、川や海や山などの自然、そして宇宙との連帯感までがきっと生まれるにちがいありません。


ここに紹介した二つの詩『何と云《い》は《わ》れても』と『胸はいま』は短いものですが、いろいろな意味に解釈することができる、深い味わいがあります。これらを読むと、自分が一個の人間にすぎないという事実を、賢治がどう克服しようとしたのかがよくわかります。

他人の解釈はともかく、最初の詩で、賢治は自分を雨のなかの「山ぐみ」という一本の木になぞらえています。

他の何篇かの詩や小説でも、賢治はよく「すきとおった」という表現を用いて、「来世《らいせ》」を表そうとします。たとえば、『眼《め》にて云《い》ふ』という詩があります。「だめでせう《しょう》」と始まるこの詩で、賢治は自分の危篤《きとく》状態を描いています。

わたくしから見えるのは
やっぱりきれいな青ぞらと
すきとほ《お》った風ばかりです。

最後の行に注目してください。

賢治は、人間が死ぬ間際《まぎわ》に現れるのはあの世まで見える空だ、と言っているのです。

『何と云はれても』に話を戻しましょう。

ここで賢治は、「である」という表現でこの詩を終わらせています。まるで賢治は学会に報告をしているかのようです。

何と云《い》は《わ》れても

という最初の行からわかるのは、賢治がまわりの人間に対して「疎外感」を持っていたことです。

この「何と云はれても」という表現には、二つの意味があると思います。

一つは、賢治が自分に対する他人の評価に無関心だったということ。もう一つは、一種の誇張した表現で、ものごとは、どう言われようと昔もいまもこれからも、自分が感じるようにしか存在しえないということです。

ここでのメッセージははっきりしています。

そう、ぼくは確かにひとりではある。でも、この場合、人としてではなく、木として。

わたしたちは、永遠に世界の一部であり続ける

でも、存在しているときの「形」などたいした問題ではありません。一本の木と同じように、一個の人間も原子からできていて、その原子は数十億年も前より、宇宙から地球へとやって来たのですから。

わたしたちのからだのあらゆる細胞は歴史を持っています。ちょうど、この地球のあらゆる分子がほぼ同じ歴史を持っているように。

結局、あらゆる細胞は死滅してしまいますが、それを構成していた原子はどこかに消えてしまうことはなく、別なものに再構成されて生まれ変わります。

これを輪廻転生《りんねてんしょう》という仏教の象徴だと捉えても、単なる科学的事実だと捉えても、たいした違いはありません。

一方、石や土や星などの無機物であっても不滅ではありません。長い長い時間の流れのなかでばらばらになったり爆発したり、賢治の言葉を借りれば「分散」したり原子に戻ったりして、それはまた別のものに再構成されていきます。

わたしたち人間を含めた生物も、無生物や無機物も、この歴史と事実を共有しているからこそ、わたしたちはおたがいにつながっている、といえるのです。

だとすれば、わたしたちが孤独なはずはありません。

わたしたちは自分たちみんなが宇宙の一部にすぎないと理解できるでしょう。そして、こうした理解こそが、わたしたちの「絆《きずな》」になるのだと思います。インドラの網の無数の糸のように、わたしたちはおたがいがおたがいとつながっています。

つまり、賢治は「わたしは木である」という表現で、この「絆」のことを言おうとしているのです。

賢治がみなさんに悟ってほしいと思っているのは次のことです。

あなたのからだを構成している分子は、あなたが死ぬと分解され、土や空気中に散らばる。しかしそれは再構成されることで、あなたの一部分が木、あるいは木の一部分になる可能性がある。数百万年前にはそうやって木になった人がいただけでなく、同じように数百万年後に木になる人もいるだろう。「人が木になること」はかつて起こったことであり、現にいまも起こっていて、未来にも必ず起こるはずのことなのだ、と。

あなたの愛する家族や、たいせつな人が死んでしまったとしましょう。でも、たとえ特定の姿や意識を持った実体がなくなったとしても、それを構成していた原子は永遠になくなることはありません。次には別のもの、たとえば木や水や雪やみぞれ、空気や宇宙の一部に姿を変え、永遠に存在していくのです。

わたしたちはひとりぼっちではない

もう一つの詩、『胸はいま』は、『眼にて云ふ』と同じように、病気で寝たきりの賢治が書いたものです。

『雨ニモマケズ』や『眼にて云ふ』を書いたときと同じように、おそらく、賢治は自分の死が間近にせまっているのを悟っていたのでしょう。この詩で賢治は、塩分を含んだ湖のことを意味する「鹹湖《かんこ》」にたとえて、自分の胸を形容しています。

岸にはじつに二百里の
まっ黒な鱗木類《りんぼくるい》の林がつゞく《つづく》

ここで鱗木という言葉が出てきます。これは「わたしたちは、人間同士だけでなく、あらゆるものともつながっているのだ」という賢治の考え方を示しているとても大切な要素です。

鱗木というのは、すでに絶滅したシダ科の木のことです。それが繁茂《はんも》したのは三億六〇〇〇万年前から二億八六〇〇万年前までの石炭紀でした。鱗木は幹《みき》の上のほうに枝をつけたとても大きな木で、高さ三〇メートル以上になるものもあり、どこか電信柱に似ていました。そういえば、電信柱は賢治の作品によく出てきますね。さらに、賢治は自分の姿を電信柱として絵に描いたことさえありました。

鱗木は最高品質の石炭のもとになります。賢治はこの鱗木を人間にとってのエネルギー源として、あるいは生命がリサイクルされるシンボルとして捉えていました。つまり、たとえその木が死んでしまったとしても、のちに再び人間が使えるものに生まれ変わるのです。

賢治はこの詩で、死後の自分に何が起こるのか、「自分」が生まれ変わったときに世界はどのような変化を遂げているのか、自分がいったい何に生まれ変わるのかを考えていたにちがいありません。つまり、死んで別の形で生まれ変わることは、わたしたちみんなにも起こるはずだ、と。

これこそがわたしたちのすばらしい宿命です。

わたしたちはこうした宿命を共有しているからこそ、みんなとつながって生きているのだという感覚を、現在のおたがい同士だけでなく、過去のおたがい同士、未来のおたがい同士とも共有できるのです。

わたしたちは、ときに孤独感に襲われたり、寂しさにさいなまれたりするけれど、「現在」よりもはるかに長く、絶え間なく経過する時間のなかでは、わたしたちは決して一人ではありません。

そして、わたしたちは、わたしたち自身であるだけではありません。わたしたちはすべての人であると同時に、すべてのものでもあるのです。

［何と云はれても］

何と云はれても
わたくしはひかる水玉
つめたい雫《しずく》
すきとおった雨粒《あめつぶ》を
枝いっぱいにみてた（＝満ちた）
若い山ぐみの木なのである

［胸はいま］

胸はいま
熱くかなしい鹹湖《かんこ》であって
岸にはじつに二百里（＝約七八五キロメートル）の
まっ黒な鱗木類《りんぼくるい》の林がつゞく《つづく》
そしていったいわたくしは
爬虫《はちゅう》（＝地をはい歩く生物）がどれか鳥の形にかはる《かわる》まで
じっとうごかず
寝てゐ《い》なければならないのか

わたしたちの意識は、自然と密接につながっている——『旭川《あさひかわ》』

賢治は、どうしようもない孤独感をどう解決しようとしたか

日本近代文学全体を見渡しても、賢治ほど自分と孤独の関係に強い関心をもった文学者はいません。

ところで、英語には、solitary《ソリタリー》という形容詞があります。この単語は「ひとりの」、「ひとりぼっちの」、「孤独の」、「寂しい」という意味になります。solitaryという英単語は同じ意味のラテン語から来たもので、sole《ソル》(「ただひとりの、たった一つの」)や、solitude《ソリチュード》(「孤独」)といった、つづりが似ている英単語とも関係があります。このsolitaryという表現こそが、ぼくが賢治の名前を思い浮かべたときに、真っ先に思いつくものです。

その思いつきとはこういうものです。

一見したところ、賢治はいつも孤独だった。でも、わたしたちが彼の作品をよく読めば、彼が決して孤独ではなかったとわかるはずだ。

ここで、次のような疑問が湧いてきます。

「ひとりの(sole)」「孤独な(solitary)」人間は、どうすれば「孤独(solitude)」を克服できるのか？ふつう、孤独を感じ、自分の考え方や行動のために他人から疎外されていると感じれば、わた

したちは、つい自分をあわれんだり、自分の置かれている状況や社会状況や世界に対して何をやってもむだだと感じたりします。

たしかに、賢治でさえ、ともすると孤独を感じ、鬱病患者のように自分をあわれむこともありました。でも一方で、わたしたちは、賢治の作品には光や喜びや希望が満ちているとも感じます。

それはどうしてでしょうか？

たとえば、『銀河鉄道の夜』では、カムパネルラが川で溺《おぼ》れて死んでから一時間たらずのうちに、カムパネルラの父は息子の死をあきらめます。そして、大の親友を失ったばかりのジョバンニに、今まで行方不明だった彼の父が帰ってくることを伝えます。ジョバンニは全速力で家に戻り、持っていた牛乳びんを母に手渡し、父が帰ってくることを伝えるでしょう。

たったいま起こったばかりの悲劇が、こんなハッピーエンドで幕を閉じるのです。

「ひとりの孤独な人間は、どうすれば孤独を克服できるのか？」という問いへの答えはこうです。自分を取り囲むすべてのもの——すべての現実や宇宙全体を、あなたの一部でもある他のすべての人々とともに感じ取ることである。

言いかえれば、

自分のからだにあるひとつひとつの分子、そして動物、植物、水、風、川、土など、この世界のすべての分子は、過去の膨大な時間の流れのなかで、形を変えて再生を繰り返しながら、他の人々のひとつひとつの分子、そしてこの世界のすべての分子とおたがいにつながっている。

そして、わたしたちは、単に道徳的、宗教的な観点からではなく、現実にだれもがみな、物理的に脳のなかに持っている共通の意識によって、世界や宇宙を同じように感じ取ることができるのだ、と理解することである。

ということです。

あなたの存在は、あらゆるものと「つながる」ことで成り立っている

だいぶ以前、アメリカのある教育研究機関が作った、「Powers《パワーズ》 of《オブ》 Ten《テン》*」（10のべき乗）というビデオを見たことがあります。それは、約一〇分ほどの短い、でもこの世界の見方を一変させるような非常に秀逸な内容でした。簡単に説明すると、それは確かこんなものだったように思います。

最初の画面、そこには、ある日の午後、アメリカ、ミシガン湖沿岸の芝生の上で、女性の横で幸せそうにうたた寝をしているひとりの男性が、真上から映し出される。次の瞬間、カメラはゆっくりと垂直に上がって行き、徐々に男性からズームアウトしていく。男性はどんどん小さくなっていき、やがて、男性を取り巻く広い公園が現れる。数秒後、今度は、公園のまわりに、ヨットが停泊した港や、高速道路が映し出される。カメラがどんどん上昇していくと、やがて、青い海と、それに隣接した大きな都会が現れる。次には、北アメリカ大陸全体が、そして地球全体が映し出されていく。カメラがズームアウトするスピードがどんどん速くなっていくと、地球は豆粒になり、それを取り囲む月や他の惑星が現れ、太陽系、銀河系、そしてつい

*YouTubeのURL　http://www.youtube.com/watch?v=0fKBhvDjuy0

には、公園でうたた寝する男性を中心とした宇宙全体の姿が映し出される。
そこで画面はいったんストップします。そして、今度はその逆、つまり、カメラはどんどん元の画面へとズームインしていくのです。
銀河系から太陽系、地球、北アメリカ大陸、アメリカ合衆国、その西海岸、大都会、そのなかの小さな緑の公園、そして、そこにうたた寝をしている男性の姿……。

画面は再びストップしますが、ビデオはまだ終わりません。

今度は、カメラは徐々に男性の手へとズームインしていく。すると、手の甲の細胞が現れる。さらにズームインしていくと、やがて遺伝子のらせん構造、次にDNAそのものが現れ、ついには、身体を構成する一個の原子、さらにはその原子を構成するクオークが……。

ここでビデオが終わります。驚いたことに、これらの画面が途切れなくつながって、ひとりの男性を中心に、彼を取り巻く極限のマクロの世界(宇宙)から、彼の内側にある極限のミクロの世界(原子)までが、わずか一〇分のあいだに目の前に映し出されていくのです。
もし、賢治がこのビデオを見たとしたら、さぞ驚き、感動したことでしょう。なぜなら、これこそ、彼が考えていた自分と宇宙とのつながりと、原子のミクロの世界、宇宙というマクロの世界のなかで、自分はいったいどのような場所を占めているのかを示すイメージそのものだからです。

ここで、みなさんも一度、自分の想像力を使って、同じようにシミュレーションをしてみてください。

まず、部屋にたったひとりで座っているあなたがいます。その自分の姿を、もうひとりのあなたが頭上から見ているシーンを頭に浮かべてみましょう。

もうひとりのあなたはゆっくりと垂直に上昇していきます。何が見えるでしょうか？　きっと、別の部屋にいる父や母や兄妹、あるいは妻や夫の姿が見えてくるでしょう。

さらに、あなたは上昇していきます。今度は自分の家がどんな場所にあるか、つまり、近所の家々、そこに暮らす別の家族たち、車が行き交う網の目のような道路や、緑の公園、そこで散歩やジョギングを楽しむ人々の姿が見えてくるかもしれません。

あなたはさらにどんどん上昇していきます。

あなたが中学や高校の生徒であれば、好きな友だちやいじめっ子がいるかもしれない学校、スーパーマーケットや病院や駅など、自分が住む町の遠景が、あなたが会社員であれば、さらに電車で毎日通勤しているオフィスビルのある大きな町全体、それを取り囲んでいるかもしれない森や山の姿、あなたが住んでいる地方、そして日本全体、さらには、日本を取り囲む青い海、となりのロシアや韓国や中国の国々、そしてアジア、地球、太陽系、ついにはあなたを中心とした銀河の広大な姿……。

想像力を駆使してそれらの場面を具体的にイメージすれば、あなたを中心に、あなたとその他の存在がつながっている世界が、最初は家族から、そしてついには宇宙のレベルにまでどんどん広がっていくのがわかるでしょう。

そう、あなたは確かに宇宙を構成する存在のひと粒である。そして、宇宙のなかであなたの位置はいったいどこにあるのか、が想像できるはずです。

わたしたちの肉体も意識も、自然とつながっている

ぼくは賢治の孤独を示そうと、あまり有名でない詩『旭川《あさひかわ》』をあえて選びました。

北海道、旭川東《ひがし》高校(詩では「旭川中学校」となっています)の正門前には、この詩を刻んだ大きな石碑があり、その文字は賢治の筆跡にあわせて彫《ほ》られています。

賢治は一九二三年八月に旭川をたずねました。

そのときはまだ、賢治の最愛の妹トシが亡くなってから九ヶ月しか経っていませんでした。

カムパネルラの父やジョバンニと同じように、賢治もまだ妹を亡くした悲しみにくれていましたが、賢治はこう理解していました。

死は生に必ずついてまわるもの、輪廻転生の一部にすぎない、と。

『旭川』という詩で、賢治は早朝にひとりたたずんでいます。賢治は十月の強い風を連想させる

風を顔いっぱいに受けながら、小さな馬車に乗るのを楽しんでいます(風を「十月の風」と形容することで、賢治は逆に、馬車がどれほどスピードを出しているのかをわたしたちに伝えています。十月は風が強く吹く月ですから)。

徒歩での山登りであろうと汽車や馬車を使おうと、賢治はいつもそうした旅から、自己の「意識」の深みへと向かう旅に入ります。

賢治のすべての物語と詩の肝《きも》は、それが舞台になっている場所の雰囲気や背景です。だから、この雰囲気や背景は、物語それ自体と同じくらいに重要です。この詩の雰囲気は、馬の鈴の音《ね》、馭者《ぎょしゃ》の口笛、風にゆれる黒い布、そして、とりわけ「火のようにゆれるたてがみ」によって生み出されていることにぜひ注意して読んでみてください。

賢治は生まれついての直感で、ものやできごとのなかに「本質」を発見します。そして、ゆれる馬のたてがみを、四大元素(古代ギリシャ時代、世界を構成すると考えられた、空気、火、土、水の四元素)の一つ、「火」と考えるのです。

風にゆれる黒い布、火のようにゆれるたてがみ……。

詩のなかにはこのような表現が登場してきますが、これは何を説明している文章なのでしょうか？ この描写の主題になっているものはいったい何でしょうか？

ほとんどの作家や読者にとって、それは布であり、たてがみであるのがふつうです。しかし、賢治の場合はまったく違います。

賢治にとって、この文の主題は、風と火なのです。この詩のなかに、なぜ布とたてがみが現れるのか？　それは、賢治が、風と火の特性や特質を明らかにするため、そして風と火の役割を示すためだからです。

一九六九年、ぼくは初めて花巻《はなまき》の土を踏みました。そしてそのとき、賢治の弟である宮沢静六《せいろく》さんに会うことができました(そのすばらしい出会いについては、ぼくの近書、『もし、日本という国がなかったら』のなかで詳しく書いています)。それ以来、何度か花巻へ足を運びましたが、そのたびに静六さんにお会いすることができました。

いまからおよそ三五年前、静六さんはぼくにこう言いました。

「兄の文学には、風と火がよく出てくるでしょう。それが象徴しているのは何かというと、あの世とこの世の関係なんです。

風は空から吹いて来る。『青』という色もそうだけど、兄にとって、空は、人間をあの世へと導く媒体なんです。そして火は、人間の命のはかなさの象徴でした。風が吹けば火は消されてしまいますね。要するに、人間の命の火が消えてしまうのです。

兄にとって、こういった自然現象は、まさに生と死の伝言だったんです」

つまり、賢治にとって、この詩のなかに出てくる風と布、火とたてがみは、分離できない関係にあるのです。

これから読んでいただくこの詩で、賢治はわたしたちにこう語りかけています。

「わたしたちが見る自然現象のすべては、実際に、生と死にとって欠かせないものとつながっている」

この詩の後半部では、ポプラが青くふるえ、空は冷たく白くなっています。最後に出てくる、自然のいたるところに満ちた朝の露のイメージは、インドラの網の露とまったく同じです。わたしたちのちっぽけな肉体は、巨大で冷たく見える宇宙や自然の一部にすぎない。つまり、わたしたちの個人の意識も、自然の音や色などととても密接につながっているということです。このことを知り、感じれば、わたしたちはきっと孤独や寂しさを克服できるはずです。そして、賢治の作品にもっと希望や喜びを見出せるようになるでしょう。

わたしたちは人としてこの世に生まれてきます。だから、わたしたちはだれもが、自然と密接につながっているという意識をすでに持っているはずです。これは両親や学校の先生に教えてもらうようなことではありません。これこそが「人間の本質」なのだ、とぼくは思います。

詩の終わりに登場する馬上の二人はこのことに気づいている。だから、たえずわたしたちの頭上にそびえる空の冷たさをものともせず、理想的な笑顔で笑っているのにちがいありません。

旭川

植民地風のこんな小馬車に
朝はやくひとり乗ることのたのしさ
「農事試験場まで行って下さい。」
「六条《ろくじょう》の十三丁目だ。」
馬の鈴は鳴り馭者《ぎょしゃ》は口を鳴らす。
黒布はゆれるしまるで十月の風だ。
一列《いちれつ》馬をひく騎馬従卒《きばじゅうそつ》のむれ、
この偶然の馬はハックニー
たてがみは火のやう《よう》にゆれる。
馬車の震動のこころよさ
この黒布はすべり過ぎた。
もっと引かないといけない
こんな小さな敏渉《びんしょう》な馬を

朝早くから私は町をかけさす
それは必ず無上菩提《むじょうぼだい》にいたる
六条にいま曲《まが》れば
おゝ《おお》落葉松《らくようまつ》　落葉松　それから青く顫《ふる》えるポプルス（＝ポプラ）
この辺に来て大へん立派にやってゐ《い》る
殖民地《しょくみんち》風の官舎の一《ひと》ならびや旭川中学校
馬車の屋根は黄と赤の縞《しま》で
もうほんたう《ほんとう》にジプシイ《ジプシー》らしく
こんな小馬車を
誰がほしくないと云はう《いおう》か。
乗馬の人が二人来る
そらが冷たく白いのに
この人は白い歯をむいて笑ってゐ《い》る。
バビロン柳《やなぎ》、おほばこ《おおばこ》とつめくさ。
みんなつめたい朝の露にみちてゐ《い》る。

あなたの価値は、あなた以外のものと比べて初めてわかる
――『マグノリアの木』

賢治の内面が見事に現れた散文詩の傑作

　これから紹介する『マグノリアの木』という作品は、『インドラの網』と同じく、賢治の作品のなかで最もすばらしい「散文詩」としてそびえ立っています。この物語はわたしたちを賢治の内面へと導いてくれる道しるべであり、賢治の「本当の自分」を見事なまでに見せてくれているものだと思います。

　この物語でも、主人公はひとりの孤独な旅人です。文字通りの「未知の世界」へと分け入るときこそ、賢治は自然界における「一個の人間の本質」について、さまざまな発見をします。

　賢治には『異途《いと》への出発』(『春と修羅　第二集』に収録)という詩がありますが、それはこのような書き出しになっています。

月の惑《まど》みと
巨《おお》きな雪の盤とのなかに
あてなくひとり下《お》り立てば

あしもとは軋《きし》り
寒冷でまっくろな空虚は
がらんと額《ひたい》に臨《のぞ》んでゐ《い》る

賢治ときびしい自然のあいだに立つものは一切《いっさい》ありません。そして、「あてなく」とあるように、賢治は自分がなぜそこにいるかさえ知りません。

『マグノリアの木』では、再び、賢治の「もうひとりの自分」である、諒安《りょうあん》という主人公が登場します。

彼はインドのヒマラヤ地方にいるのだと、ぼくは考えています。おそらく、ここで言うマグノリアの木とは、マグノリア＝キンコウボクのことでしょう。それはインド人が大昔から崇拝してきた常緑樹で、黄色や白色をしたその花はとてもいい香りがします。

この『マグノリアの木』という作品は、一見するとシュールレアリスム的な作品に思えるかもしれません。もし、ポール・ヴェルレーヌやステファヌ・マラルメといった象徴派の代表的な詩人がフランス語で『マグノリアの木』を書いていたら、この散文詩は、きっと世界中の人々に象徴主義詩の代表作として評価されていたでしょう。

しかし、『マグノリアの木』はシュールレアリスムではなく、混じり気なしのリアリズム、つまり「賢治リアリズム」が貫かれた作品です。

この作品は、諒安が「もうひとりの自分」に出会う物語です。そしてこの出会いを通じて、彼は自分自身をさらに深く理解することになります。

世界の森羅万象《しんらばんしょう》は、自分のなかにそっくりそのまま存在している

賢治の旅は、しばしば何らかの苦痛、あるいは苦難や試練で始まります。この物語の主人公「諒安」もあえいでいます。なぜか、彼の身体は燃えるように熱いのです。彼が一服するとすぐに、どこからか、このような声が聞こえてきます。

（これがお前の世界《せかい》なのだよ、お前に丁度《ちょうど》あたり前の世界なのだよ。それよりもっとほんとうはこれがお前の中の景色《けしき》なのだよ。）

賢治の想像力が生み出した世界のなかで、これほどはっきりと自分自身に出会う描写は他にはないと思います。

でも、この引用部分の文章で、賢治はわたしたちに何を伝えようとしているのでしょうか？それはきっとこういうものにちがいありません。

もし、わたしたちが自分の内面を探る旅、自己発見の旅をして想像力を働かせれば、まわりの世界、つまり森羅万象が自分のなかにもそっくりそのまま存在していることに気づくだろう。

これこそ、賢治がわたしたちに与えるレッスンの一つです。そして、P.53で紹介した「Powers

of Ten」というビデオも、このことを見事に示すものです。

わたしたちがこう悟ることができれば、自分が宇宙とつながっていることを知り、他の人や動物、自然のあらゆる現象をあわれみ、愛せるようになるでしょう。

これが、文中にある「春の道場」という賢治ならではの表現で彼が言おうとしていることです。春は自然がよみがえる季節です。でも、春という季節は、その美しさを味わうだけのものではありません。もちろん、美しさは春の一つの要素ではあるけれど、一方で、春はわたしたちがあらゆるものを観察し、自分の内なる存在にせまるために、自分をたたき上げる場所でもある、と賢治は言っているのだと思います。

この物語の最も大切なイメージは、二人の子どもが幹の両側に立っている一本のマグノリアの木です。

それは、この世界のあらゆる悩みや苦しみが消えた、安らぎの境地、「涅槃《ねはん》」の象徴です。でも、本書の冒頭で(P.10〜)言ったように、わたしたちがこの賢治特有の信仰心に捕らわれる必要はありません。わたしたちからすれば、その木は自分が達成しようとしている、とてつもなく高い目標や理想を表現していると考えればよいのです。

このマグノリアの木の花びらの香りには、詩的な祈りがこめられています。このこともまた、賢治が「春の道場」という表現で言おうとしていることだと思います。

自然は、常にわたしたちとコミュニケーションしています。わたしたちがそれを意識すれば、自然はわたしたちの心の奥に潜んでいる「ほんとうの自分とは何か」を教えてくれるでしょう。

無私の心で自然を愛すると、結果として、ほんとうの自分が解放されるのです。

この世界では、あらゆるものが相対的である

『マグノリアの木』の後半には、諒安（賢治）の「もうひとりの自分」である人物が登場します。そして、彼は諒安にこう教えます。

「ほんとうにここは平《たい》らですね。」諒安はうしろの方のうつくしい黄金の草の高原を見ながら云《い》いました。その人は笑いました。

「ええ、平らです、けれどもここの平らかさはけわしさに対《たい》する平らさです。ほんとうの平らさではありません。」

つまり、平面はそれだけで平面になっているのではなく、斜面と比べて初めて、平面になるのだ、と。

アインシュタインが教えてくれたように、人間が観察する世界では、あらゆるものの存在が「相対的」です。

この世界に存在するあらゆるものの価値はそれ自体にあるのではなく、他のものと比べて初めて存在する。たとえば、善もそれだけでは善ではない。悪があって初めて、善はその性質をわた

したちに示すことができる。つまり、他と「比べて」初めて、ものはこの世界に存在できる。人間も同じです。「あなた」の存在価値は、「あなた」を取りまくものと切り離しては存在しない。「あなた」以外に存在しているものがあることで、「あなた」のほんとうの姿が現れ、「あなた」の価値が生まれる。

これが「賢治的相対性」とぼくが呼んでいるものです。

善悪に対する賢治ならではの見方は、『マグノリアの木』にもはっきりと表れています。この物語の最後にあるように、この世界では善は悪ともつながり、共存しています。もっとはっきり言うと、善と悪はひとつの大きな坩堝《るつぼ》、つまり自然のなかに包括されています。善と悪はおたがいに切り離せないものなのです。

たとえば、飢饉《ききん》によって疫病《えきびょう》が起こります。あるいは、豪雨のために、洪水が突然町を襲うこともあります。これらの現象も、結局は自然に含まれた「悪」の一面なのです。

物語の前のほうで、賢治は「しのびをならう」と言っています。この「しのび」という言葉は、さまざまな苦しみを耐え忍び、心を動かさないようにするという「忍辱《にんにく》」という仏教用語と同じ意味です。

他人が自分に対して何か悪いことをしたとしても、決して他人を憎んではならない。飢饉や疫病や洪水、あるいは地震や津波に出くわしても決してあきらめてはいけない、と賢治はわたしたちに伝えています。これは、『雨ニモマケズ』のメッセージとまったく同じです。

物語の最後に、「礼」という言葉が出てきます。これは、人間の持つ想像力に対して賢治が敬意を表した礼です。

わたしたち人間はみなだれもが、生まれながらに持っている自分の想像力を働かせることができます。このわたしたち人間の想像力こそが第六感である、とぼくは信じています。

マグノリアの木

霧《きり》がじめじめ降《ふ》っていた。

諒安《りょうあん》は、その霧の底《そこ》をひとり、険《けわ》しい山谷《さんこく》の、刻《きざ》みを渉《わた》って行きました。

沓《くつ》(=靴)の底を半分踏《ふ》み抜《ぬ》いてしまいながらそのいちばん高い処《ところ》からいちばん暗《くら》い深《ふか》いところへまたその谷の底から霧に吸《す》いこまれた次《つぎ》の峯《みね》へと一生けんめい伝《つた》って行きました。

もしもほんの少しのはり合《あい》で霧を泳《およ》いで行くことができたら一つの峯《みね》から次の巌《いわ》(=岩)へずいぶん雑作《ぞうさ》もなく行けるのだが私はやっぱりこの意地悪《いじわる》い大きな彫刻《ちょうこく》の表面《ひょうめん》に沿《そ》ってけわしい処《ところ》ではからだが燃《も》えるようになり少しの平《たい》らなところではほっと息《いき》をつきながら地面《じめん》を這《は》わなければならないと諒安は思いました。

全《まった》く峯にはまっ黒のガツガツした巌が冷《つめ》たい霧を吹《ふ》いてそらうそぶき折角《せっかく》いっしんに登《のぼ》って行ってもまるでよるべもなくさびしいのでした。

それから谷の深い処には細《こま》かなうすぐろい灌木《かんぼく》(=丈の低い木)がぎっしり生えて光を通すことさえも慳貪《けんどん》そうに(=物惜しみしているように)見えました。

それでも諒安《りょうあん》は次から次とそのひどい刻《きざ》みをひとりわたって行きました。
何べんも何べんも霧《きり》がふっと明るくなりまたうすくらくなりました。
けれども光は淡《あわ》く白く痛《いた》く、いつまでたっても夜にならないようでした。
つやつや光る竜《りゅう》の髯《ひげ》(=龍のひげのような葉を茂らせた草)のいちめん生えた少しのなだらに来たとき諒安はからだを投《な》げるようにしてとろとろ睡《ねむ》ってしまいました。
(これがお前の世界《せかい》なのだよ、お前に丁度《ちょうど》あたり前の世界なのだよ。それよりもっとほんとうはこれがお前の中の景色《けしき》なのだよ。)
誰《だれ》かが、或《ある》いは諒安自身《じしん》が、耳の近くで何べんも斯《こ》う叫《さけ》んでいました。
(そうです。そうです。そうですとも。いかにも私の景色です。私なのです。だから仕方《しかた》がないのです。)諒安はうとうと斯《こ》う返事《へんじ》しました。
(これはこれ
惑《まど》う木立《こだち》の
中ならず
しのびをならう
春の道場)
どこからかこんな声がはっきり聞《きこ》えて来ました。諒安《りょうあん》は眼《め》をひらきました。霧《きり》がからだにつめたく浸《し》み込《こ》むのでした。

全《まった》く霧は白く痛《いた》く竜《りゅう》の髯《ひげ》の青い傾斜《けいしゃ》はその中にぼんやりかすんで行きました。諒安はとっととかけ下りました。

そしてたちまち一本の灌木《かんぼく》に足をつかまれて投《な》げ出すように倒《たお》れました。

諒安はにが笑《わら》いをしながら起《お》きあがりました。

いきなり険《けわ》しい灌木の崖《がけ》が目の前に出ました。

諒安はそのくろもじ(＝香りのある低木)の枝《えだ》にとりついてのぼりました。くろもじはかすかな匂《におい》を霧に送《おく》り霧は俄《にわ》かに乳《ちち》いろの柔《やわ》らかなやさしいものを諒安によこしました。

諒安はよじのぼりながら笑いました。

その時霧は大へん陰気《いんき》になりました。そこで諒安は霧にそのかすかな笑《わら》いを投《な》げました。そこで霧はさっと明るくなりました。

そして諒安はとうとう一つの平《たい》らな枯草《かれくさ》の頂上《ちょうじょう》に立ちました。

そこは少し黄金《きん》いろでほっとあたたかなような気がしました。

諒安は自分のからだから少しの汗《あせ》の匂《にお》いが細い糸のようになって霧の中へ騰《のぼ》って行くのを思いました。その汗という考《かんがえ》から一疋《ぴき》の立派《りっぱ》な黒い馬がひらっと躍《おど》り出して霧の中へ消《き》えて行きました。

霧が俄《にわ》かにゆれました。そして諒安《りょうあん》はそらいっぱいにきんきん光って漂《ただよ》う琥珀《こはく》の分子のようなものを見ました。それはさっと琥珀から黄金に変《かわ》りまた新鮮《しんせん》な緑《みどり》に遷《うつ》ってまるで雨よりも滋《しげ》く降《ふ》って来るのでした。

いつか諒安の影《かげ》がうすくかれ草の上に落《お》ちていました。一《ひと》きれのいいかおりがきらっと光って霧《きり》とその琥珀との浮遊《ふゆう》の中を過《す》ぎて行きました。
と思うと俄《にわ》かにぱっとあたりが黄金に変りました。

霧が融《と》けたのでした。太陽《たいよう》は磨《みが》きたての藍銅鉱《らんどうこう》(=濃い青色をした透明な鉱物)のそらに液体《えきたい》のようにゆらめいてかかり融《と》けのこりの霧はまぶしく蠟《ろう》のように谷のあちこちに澱《よど》みます。

(ああこんなけわしいひどいところを私は渡《わた》って来たのだな。けれども何というこの立派《りっぱ》さだろう。そしてはてな、あれは。)

諒安《りょうあん》は眼《め》を疑《うたが》いました。そのいちめんの山谷《さんこく》の刻《きざ》みにいちめんまっ白にマグノリアの木の花が咲《さ》いているのでした。その日のあたるところは銀《ぎん》と見え陰《かげ》になるところは雪のきれと思われたのです。

(けわしくも刻《きざ》むこころの峯々《みねみね》に　いま咲きそむるマグノリアかも。)斯《こ》う云《い》う声がどこからかはっきり聞《きこ》えて来ました。諒安は心も明るくあたりを見まわしました。

すぐ向《むこ》うに一本の大きなほおの木がありました。その下に二人の子供《こども》が幹《みき》を間にして立っているのでした。

(ああさっきから歌っていたのはあの子供らだ。けれどもあれはどうもただの子供らではないぞ。)諒安《りょうあん》はよくそっちを見ました。

その子供らは羅《うすもの》をつけ瓔珞《ようらく》をかざり日光に光り、すべて断食《だんじき》のあけがたの夢《ゆめ》のようでした。ところがさっきの歌はその子供らでもないようでした。それは一人の子供がさっきよりずうっと細い声でマグノリアの木の梢《こずえ》を見あげながら歌い出したからです。

「サンタ、マグノリア、

枝《えだ》にいっぱいひかるはなんぞ。」

向《むこ》う側《がわ》の子が答えました。

「天に飛《と》びたつ銀《ぎん》の鳩《はと》。」

こちらの子がまたうたいました。

「セント、マグノリア、

枝にいっぱいひかるはなんぞ。」

「天からおりた天の鳩。」

諒安はしずかに進《すす》んで行きました。

「マグノリアの木は寂静印《じゃくじょういん》(=涅槃《ねはん》の境地の象徴)です。ここはどこですか。」

「私たちにはわかりません。」一人の子がつつましく賢《かし》こそうな眼《め》をあげながら答えました。

「そうです、マグノリアの木は寂静印です。」

強いはっきりした声が諒安《りょうあん》のうしろでしました。諒安は急《いそ》いでふり向《む》きました。子供らと同じなりをした丁度《ちょうど》諒安と同じくらいの人がまっすぐに立ってわらっていました。

「あなたですか、さっきから霧の中やらでお歌いになった方《かた》は。」

「ええ、私です。またあなたです。なぜなら私というものもまたあなたが感《かん》じているのですから。」

「そうです、ありがとう、私です、またあなたです。なぜなら私というものもまたあなたの中にあるのですから。」

その人は笑《わら》いました。諒安と二人ははじめて軽《かる》く礼《れい》をしました。

「ほんとうにここは平《たい》らですね。」諒安はうしろの方のうつくしい黄金の草の高原を見ながら云《い》いました。その人は笑いました。

「ええ、平らです、けれどもここの平らかさはけわしさに対《たい》する平らさです。ほんとうの平らさではありません。」

「そうです。それは私がけわしい山谷を渡《わた》ったから平らなのです。」

「ごらんなさい、そのけわしい山谷にいまいちめんにマグノリアが咲《さ》いています。」

「ええ、ありがとう、ですからマグノリアの木は寂静《じゃくじょう》です。あの花びらは天の山羊《やぎ》の乳《ちち》よりしめやかです。あのかおりは覚者《かくしゃ》(＝真理を悟った人)たちの尊《とうと》い偈《げ》(＝悟りの境地を伝える詩)を人に送《おく》ります。」

「それはみんな善《ぜん》です。」

「誰《だれ》の善ですか。」諒安はも一度《いちど》その美《うつく》しい黄金の高原とけわしい山谷の刻《きざ》みの中のマグノリアとを見ながらたずねました。

「覚者の善です。」その人の影《かげ》は紫《むらさき》いろで透明《とうめい》に草に落《お》ちていました。

「そうです、そしてまた私どもの善です。覚者の善は絶対《ぜったい》です。それはマグノリアの木にもあらわれ、けわしい峯《みね》のつめたい巌《いわ》にもあらわれ、谷の暗《くら》い密林《みつりん》もこの河《かわ》がずうっと流《なが》れて行って氾濫《はんらん》をするあたりの度々《たびたび》の革命《かくめい》や饑饉《ききん》や疫病《やくびょう》やみんな覚者の善です。けれどもここではマグノリアの木が覚者の善でまた私どもの善です。」

諒安とその人と二人はまた恭《うやうや》しく礼をしました。

人間と植物に、価値の優劣などない――『ガドルフの百合《ゆり》』

「ガドルフ」という不思議なタイトルと、『銀河鉄道の夜』のジョバンニの由来

『セロ弾きのゴーシュ』や『よだかの星』、『なめとこ山の熊』や『注文の多い料理店』といった物語は、賢治の作品のなかでも人気のあるものでしょう。これらの作品はとても巧《たく》みに創作され、すばらしい起承転結を備えています。

それに対して、『インドラの網』や『マグノリアの木』、そしてここで紹介する『ガドルフの百《ゆ》合《り》』といった物語は、普通の小説というよりは、幻想的な散文詩のような作品です。これらの作品は、一般読者にとって決して理解しやすい内容ではないかもしれません。それでも、こうした作品も賢治の世界の中心を占めていると、ぼくは思います。

『インドラの網』や『マグノリアの木』、『ガドルフの百合』といった作品の描写は、賢治の類まれなる想像力によって増幅された、強烈な美にあふれているといえるでしょう。これらは、色彩が強調された非常に絵画的な作品だと思います。

ぼくはこれらの作品を「動きのある絵」として頭のなかで描いてみることがあります。これらの散文詩を読めば、二十一世紀に生きるわたしたちにとって「意識」とは何なのかがわかるでしょう。

さて、『ガドルフの百合』の解説に移る前に、ぼくはこの物語のタイトルについてちょっとお話ししたいと思います。

ぼくは、「ガドルフ」というちょっと聞きなれない名前は、イタリアのカステル・ガンドルフォという町から来ていると考えています。そこはアルバノ湖という湖にのぞむ町で、ローマの南東約三〇キロのところにあります。

ぼくがカステル・ガンドルフォを思いついたのは、この町に、ある重要な人物が眠っているからです。

その人の名前はジョバンニ・バティスタ・デ・ロッシといいます（この人は、『銀河鉄道の夜』に出てくるジョバンニの直接のモデルではありませんが、あとで述べるように、賢治が『銀河鉄道の夜』の主人公を「ジョバンニ」と名づけた理由とは、とても深い関係があると思っています）。

このジョバンニ・バティスタ・デ・ロッシ（一八二二年〜一八九四年）は、イタリアの有名な考古学者で、一八四九年に「カタコンベ」という有名な遺跡を発掘した人です。「カタコンベ」とは、「ローマ帝国」の（初期）キリスト教会が三世紀に作った「地下墓所《ぼしょ》」のことです。

賢治はジョバンニ・バティスタ・デ・ロッシのことをきっと知っていたと思いますが、この人物が、先ほど言った「カステル・ガンドルフォ」という湖畔の町に埋葬されているのです。でも、ジョバンニ・バティスタ・デ・ロッシがもうひとりいなかったならば、ぼくの類推はあまり説得力のないものになっていたでしょう。

そう、なんと実は、同姓同名のジョバンニが、別に実在していたのです。

考古学者ではない、このもうひとりのジョバンニは、物乞《ものご》い、特に女性の物乞いやホームレス、病人や囚人のために、その生涯をささげた人でした。彼は一六九八年に生まれ、一七六四年に亡くなりましたが、その功績により、聖人になった人でした。こうした人々のために自分を犠牲にして働きすぎたせいで亡くなったのです。

このような人物こそ、『雨ニモマケズ』で賢治が「サウイフモノ《そういう》ニ」なりたいと思った人だったにちがいないと、ぼくは考えています。

生前、聖ジョバンニは彼と同じように貧者に生涯をささげた聖職者、「フィリップ・ネリ(一五一五年～一五九五年)の生まれ変わり」として人々の尊敬を集めました。

聖ジョバンニとネリのことは当時の日本でもよく知られていました。だからこそ、賢治は『銀河鉄道の夜』のジョバンニという最愛の登場人物の名前を、これまで指摘されてきたいろいろなジョバンニからではなく、この聖ジョバンニ・バティスタ・デ・ロッシから取ってきたと、ぼくは信じているのです。

また、このフィリップ・ネリの「ネリ」という名前は、賢治の名作、『グスコーブドリの伝記』に出てくる主人公、グスコーブドリの妹の名前です。

ネリという名前がどこから来たのかについても、これまでのところ、はっきりしたことはわかっていません。でも、ジョバンニ・バティスタ・デ・ロッシとフィリップ・ネリの関係から、ぼくはこれがジョバンニとネリという名前の由来だと断言できます。

賢治はキリスト教にも大きな関心を持ち、それを熱心に勉強しました。また、考古学にも同じぐらい大きな関心を示しました。だから、ぼくのなかでは、ジョバンニとネリとガドルフという名前の由来について、これ以外に絶対説明がつかないのです。

動物や植物にも、人間と同じような魂がある

銀河鉄道ではありませんが、ついつい脱線してしまったようです。「本線」に戻りましょう。前にも述べたように、この物語も、なぜか賢治(別名「ガドルフ」)がいきなりふつうではない「みじめな旅」の道中の場面から始まります。

賢治は道に迷ったわけではなさそうですが、いっこうに目的地は見えてきません。『ガドルフの百合』から次に引用した部分は、賢治の作品のなかでも最も劇的な描写の一つです。ここでは、賢治が愛してやまなかった木版画のように、きわめて絵画的に描写されています。

そして間もなく、雨と黄昏《たそがれ》とがいっしょに襲《おそ》いかかったのです。実《じつ》にはげしい雷雨《らいう》になりました。いなびかりは、まるでこんな憐《あわ》れな旅のものなどを漂《ひょう》白《はく》してしまいそう、並木の青い葉がむしゃくしゃにむしられて、雨のつぶと一緒《いっしょ》に堅《かた》いみちを叩《たた》き、枝《えだ》までがガリガリ引き裂《さ》かれて降《ふ》りかかりました。

賢治の作品において、自然を擬《ぎ》人《じん》化した例はたくさんありすぎて、すべてを紹介するのは無理

です。でも、一つだけ例を挙げておきましょう。

この物語の初めで、ガドルフは「ぶりぶり憤《おこ》って」います。しばらくすると、百合も怒り出します。「花は、まっ白にかっと瞋《いか》って立ちました。」

これが怒った百合に対する賢治の描写です。これは、単なる擬人法ではありません。賢治はここで、「人も植物も変わりはない。人は植物よりすぐれているわけではない。その存在の価値は、わたしたち人間とまったく同じなのだ」ということを示しているのです。

ここで賢治に代表される、日本人の動物や植物に対する世界観についてひと言述べておきましょう。

アメリカのアニメにも、人間のような動物や、場合によっては植物が登場します。これも一種の擬人化ではあります。しかし、日本のそれ、特に賢治の作品に登場する擬人化された動物や植物とは、その扱いかたがだいぶ違います。

アメリカのアニメキャラクターは、完全に人間の代理です。

ライオンが出てくれば、それは本当はライオンではなく、たとえば残酷な独裁者を意味します。ウサギが現れれば、それはたとえば、かわいくて潔白な子どものシンボルです。

キリスト教の教えによると、動物には魂がありません。人間が動物に対しての神なので、アメリカのアニメに出てくる動物は、人間の精神的な操《あやつ》り人形にすぎないのです。

一方、賢治にとっての動物と植物は、人間とまったく同じレベルで存在するものです。彼らは人間より下等なものとして扱われるのではありません。むしろ逆に、人間は動物と植物からたくさんのことを教わることになるのです。

文中、ガドルフは百合の花の怒りを耳にします。後でくわしく述べますが（p.105～）、賢治は、どんなときでも五感のすべてを総動員し、まわりの世界を理解したり経験したりしようと試みます。そしてここで、賢治はわたしたちをあっと言わせるような描写でそのことを示しています。

でも、すぐれた印象主義、あるいは表現主義の絵のようなこの散文から、わたしたちはいったいどのような教訓を得られるのでしょうか？

ガドルフは寒さに凍《こご》えます。当然、彼は眠れません。お腹《なか》もすいていました。頭はほてり、「舞踏《ぶとう》のよう」な頭痛がしました。そして、からだのふるえを抑えることができません。これより悲惨な心身の状態を想像できるでしょうか？

しかし、まさにこんなときに、わたしたちは火事場《かじば》の馬鹿力を発揮します。からだの底から力がほとばしり、世界を真正面からにらみつけ、尊い行いをしようとするのです。

二〇一一年三月十一日の東日本大震災のあと、わたしたちが目にしたのは、まさに東北の人々のこの超人間的な力がこもった精神でした。最も恐ろしい苦しみや想像もつかない悲しみから、人々は立ちあがりました。人々は腹の底からの力を頼りに、他人を助けました。

ガドルフのことを考えるとき、ぼくはこの東北の人々の不屈の精神と尊い行動を思い出さずにはいられません。

善と悪は、同じものの両面である

『ガドルフの百合』に戻りましょう。

ガドルフは、地獄へと下るギリシア神話やローマ神話の英雄のようです。彼の恋だけでなく彼の百合さえもがしおれ、折れ曲がってしまいます。

そのとき、ガドルフは二人の男がはげしく争うのを目にします。賢治はその様子をくわしく書いています。蹴ったり、殴ったり。争いはますますヒートアップ。二人がガドルフのほうへと倒れてくる。だが、ガドルフは彼らを避けられない……。

ここで賢治は、この世界では、わたしたちはみな「暴力」という悪に捕らわれていて、それから逃れられないのだ。それがこの世界のほんとうの姿なのだ、と言っているように思います。暴力といっても、それは殴る蹴るの小さな暴力だけではありません。戦争や気候危機、放射能や公害による大気汚染や水質汚染も、別の意味での大きな暴力です。わたしたちは、自分がいまこれらの暴力から「無傷」だからといって、ずっとそのまま安全地帯にいられるわけではありません。それは、どうしようもない宿命だといえます。なぜなら、わたしたちの運命は他の人の運命とつながっているからです。

つまり、どこかの国で戦争や気候危機が起こる。あるいは、どこかの国で放射能汚染や公害で大気が汚れたり、川や海の水が汚れたりすれば、それは必ず自分たちにも影響が及んでくるということです。

さらに、わたしたちは自分自身であるだけでなく、自分以外の人そのものでもあります。つまり、戦争や気候危機、放射能汚染などの暴力は、他のだれでもない、自分たちが起こしてしまう可能性がいつでもあるということです。

善と悪は、同じものの両面です。この世界のあらゆるものごとは、そのすべてのものを含む綴《つづ》れ織《お》りのなかの、もつれた糸なのです。

しかし、「ガドルフの百合」は希望に満ちた物語です。

なぜなら、百合の群は、雨にも負けず、生きのびたからです。この百合こそが、すばらしく力強い自然の象徴です。そして、ガドルフはその自然の力のおかげで地獄から生きて帰ってくることができます。

かよわそうに見える小さな百合にさえ、強大で暴力的な嵐に打ち克つ未曾有《みぞう》の力があるのなら、わたしにだって、どんな苦しみや悲しみにも立ち向かう力があるはずだ。

それも自然が教えてくれる教訓のひとつではないでしょうか。

ガドルフの百合

ハックニー馬のしっぽのような、巫戯《ふざ》けた楊《やなぎ》の並木《なみき》と陶製《とうせい》の白い空との下を、みじめな旅《たび》のガドルフは、力いっぱい、朝からつづけて歩いておりました。

それにただ十六哩《マイル》(=約二十六キロメートル)だという次《つぎ》の町が、まだ一向《いっこう》見えても来なければ、けはいもしませんでした。

(楊がまっ青に光ったり、ブリキの葉《は》に変《かわ》ったり、どこまで人をばかにするのだ。殊《こと》にその青いときは、まるで砒素《ひそ》をつかった下等《かとう》の顔料《えのぐ》のおもちゃじゃないか。)

ガドルフはこんなことを考えながら、ぶりぶり憤《おこ》って歩きました。

それに俄《にわ》かに雲が重《おも》くなったのです。

(卑《いや》しいニッケルの粉《こな》だ。淫《みだ》らな光だ。)

その雲のどこからか、雷《かみなり》の一切れらしいものが、がたっと引きちぎったような音をたてました。

(街道《かいどう》のはずれが変《へん》に白くなる。あそこを人がやって来る。いややって来ない。あすこを犬がよこぎった。いやよこぎらない。畜生《ちくしょう》。)

ガドルフは、力いっぱい足を延《の》ばしながら思いました。

そして間もなく、雨と黄昏《たそがれ》とがいっしょに襲《おそ》いかかったのです。

実《じつ》にはげしい雷雨《らいう》になりました。いなびかりは、まるでこんな憐《あわ》れな旅のものなどを漂白《ひょうはく》してしまいそう、並木の青い葉がむしゃくしゃにむしられて、雨のつぶと一緒《いっしょ》に堅《かた》いみちを叩《たた》き、枝《えだ》までがガリガリ引き裂《さ》かれて降《ふ》りかかりました。

(もうすっかり法則《ほうそく》がこわれた。何もかもめちゃくちゃだ。これで、も一度《いちど》きちんと空がみがかれて、星座《せいざ》がめぐることなどはまあ夢《ゆめ》だ。夢でなけぁ霧《きり》だ。みずけむりさ。)

ガドルフはあらんかぎりすねを延《の》ばしてあるきながら、並木のずうっと向《むこ》うの方のぼんやり白い水明りを見ました。

(あすこはさっき曖昧《あいまい》な犬の居《い》たとこだ。あすこが少ぅしおれのたよりになるだけだ。)

けれども間もなく全《まった》くの夜になりました。空のあっちでもこっちでも、雷《かみなり》が素敵《すてき》に大きな咆哮《ほうこう》(=獣がほえるような声)をやり、電光のせわしいことはまるで夜の大空の意識《いしき》の明滅《めいめつ》のようでした。

道はまるっきりコンクリート製《せい》の小川のようになってしまって、もう二十分と続《つづ》けて歩けそうにもありませんでした。

その稲光《いなびか》りのそらぞらしい明りの中で、ガドルフは巨《おお》きなまっ黒な家が、道の左側《ひだりがわ》に建《た》っているのを見ました。

(この屋根《やね》は稜《かど》(=斜めに交わった部分)が五角《ごかく》で大きな黒電気石《くろでんきせき》の頭のようだ。その黒いことは寒天《かんてん》だ。その寒天の中へ俺《おれ》ははいる。)

ガドルフは大股《おおまた》に跳《は》ねて、その玄関《げんかん》にかけ込みました。

「今晩《こんばん》は。どなたかお出《い》でですか。今晩は。」

家の中はまっ暗《くら》で、しんとして返事《へんじ》をするものもなく、そこらには厚《あつ》い敷物《しきもの》や着物《きもの》などが、くしゃくしゃ散《ち》らばっているようでした。

(みんなどこかへ遁《に》げたかな。噴火《ふんか》があるのか。噴火じゃない。ペストか。ペストじゃない。またおれはひとりで問答《もんどう》をやっている。あの曖昧な犬だ。とにかく廊下《ろうか》のはじででも、ぬれた着物をぬぎたいもんだ。)

ガドルフは斯《こ》う頭の中でつぶやきまた唇《くちびる》で考えるようにしました。そのガドルフの頭と来たら、旧教会《きゅうきょうかい》の朝の鐘《かね》のようにガンガン鳴っておりました。

長靴《ながぐつ》を抱《だ》くようにして急いで脱《と》って、少しびっこを引きながら、そのまっ暗なちらばった家にはね上って行きました。すぐ突《つ》きあたりの大きな室《へや》は、たしか階段室《かいだん》らしく、射《さ》し込《こ》む稲光りが見せたのでした。

その室の闇《やみ》の中で、ガドルフは眼《め》をつぶりながら、まず重い外套《がいとう》を脱《ぬ》ぎました。そのぬれた外套の袖《そで》を引っぱるとき、ガドルフは白い貝殻《かいがら》でこしらえあげた、昼の楊《やなぎ》の木をありありと見ました。ガドルフは眼をあきました。

（うるさい。ブリキになったり貝殻になったり。しかしまたこんな桔梗《ききょう》いろの背景《はいけい》に、楊の舎利《しゃり》（＝遺骨を納めた小さな塔）がりんと立つのは悪《わる》くない。）

それは眼をあいてもしばらく消《き》えてしまいませんでした。

ガドルフはそれからぬれた頭や、顔をさっぱりと拭《ぬぐ》って、はじめてほっと息《いき》をつきました。

電光がすばやく射し込んで、床《ゆか》におろされて蟹《かに》のかたちになっている自分の背嚢《はいのう》（＝四角い背カバン）をくっきり照《て》らしまっ黒な影《かげ》さえ落《おと》して行きました。

ガドルフはしゃがんでくらやみの背嚢をつかみ、手探《てさぐ》りで開《ひら》いて、小さな器械《きかい》の類《たぐい》にさわってみました。

それから少ししずかな心持《こころも》ちになって、足音をたてないように、そっと次の室にはいってみました。交《かわ》る交《がわ》るさまざまの色の電光が射し込んで、床に置《お》かれた石膏像《せっこうぞう》や黒い寝台《しんだい》や引っくり返《かえ》った卓子《テーブル》やらを照らしました。

（ここは何かの寄宿舎《きしゅくしゃ》か。そうでなければ避病院《ひびょういん》（＝伝染病患者を隔離して治療する病院）か。とにかく二階にどうもまだ誰《だれ》か残《のこ》っているようだ。一ぺん見て来ないと安心《あんしん》ができない。）

ガドルフはしきいをまたいで、もとの階段室に帰り、それから一ぺん自分の背嚢につまずいてから、二階に行こうと段《だん》に一つ足をかけた時、紫《むらさき》いろの電光が、ぐるぐるするほど明るくさし込んで来ましたので、ガドルフはぎくっと立ちどまり、階段に落ちたまっ黒な自分の影とそれから窓《まど》の方を一緒《いっしょ》に見ました。

　その稲光りの硝子《ガラス》窓から、たしかに何か白いものが五つか六つ、だまってこっちをのぞいていました。

（丈《たけ》がよほど低《ひく》かったようだ。どこかの子供《こども》が俺《おれ》のように、俄《にわ》かの雷雨で遁げ込んだのかも知れない。それともやっぱりこの家の人たちが帰って来たのだろうか。どうだかさっぱりわからないのが本統《ほんとう》（＝本当）だ。とにかく窓を開いて挨拶《あいさつ》しよう。）

　ガドルフはそっちへ進《すす》んで行ってガタピシの壊《こわ》れかかった窓を開きました。たちまち冷たい雨と風とが、ぱっとガドルフの顔をうちました。その風に半分声をとられながら、ガドルフは叮寧《ていねい》に云《い》いました。

「どなたですか。今晩《こんばん》は。どなたですか。今晩は。」

　向《むこ》うのぼんやり白いものは、かすかにうごいて返事もしませんでした。却《かえ》って注文《ちゅうもん》通《どお》りの電光が、そこら一面《いちめん》ひる間《ま》のようにしてくれたのです。

「ははは、百合《ゆり》の花だ。なるほど。ご返事のないのも尤《もっと》もだ。」

　ガドルフの笑《わら》い声は、風といっしょに陰気《いんき》に階段をころげて昇《のぼ》って行きました。

　けれども窓の外では、いっぱいに咲いた白百合《しらゆり》が、十本ばかり息もつけない嵐《あらし》の中に、その稲妻《いなずま》の八分一秒《びょう》を、まるでかがやいてじっと立っていたのです。

　それからたちまち闇が戻《もど》されて眩《まぶ》しい花の姿《すがた》は消えましたので、ガドルフはせっかく一枚《まい》ぬれずに残ったフランのシャツも、つめたい雨にあらわせながら、窓からそとにからだを出して、ほのかに揺《ゆ》らぐ花の影を、じっとみつめて次の電光を待《ま》っていました。

間もなく次の電光は、明るくサッサッと閃《ひら》めいて、庭《にわ》は幻燈《げんとう》のように青く浮《うか》び、雨の粒《つぶ》は美しい楕円形《だえんけい》の粒になって宙《ちゅう》に停《とど》まり、そしてガドルフのいとしい花は、まっ白にかっと瞋《いか》って(=怒って)立ちました。

(おれの恋《こい》は、いまあの百合の花なのだ。いまあの百合の花なのだ。砕《くだ》けるなよ。)

それもほんの一瞬《いっしゅん》のこと、すぐに闇は青びかりを押《お》し戻《もど》し、花の像はぼんやりと白く大きくなり、みだれてゆらいで、時々は地面《じめん》までも屈《かが》んでいました。

そしてガドルフは自分の熱《ほて》って痛《いた》む頭の奥《おく》の、青黝《あおぐろ》い(=青黒い)斜面《しゃめん》の上に、すこしも動《うご》かずかがやいて立つ、もう一むれの貝細工《かいざいく》の百合を、もっとはっきり見ておりました。たしかにガドルフはこの二《ふた》むれの百合を、一緒に息をこらして見つめていました。

それもまた、ただしばらくのひまでした。

たちまち次の電光は、マグネシア(=マグネシウム)の焔《ほのお》よりももっと明るく、菫外線《きんがいせん》(=紫外線)の誘惑《ゆうわく》を、力いっぱい含《ふく》みながら、まっすぐに地面に落ちて来ました。

美しい百合の憤《いきどお》りは頂点《ちょうてん》に達《たっ》し、灼熱《しゃくねつ》の花弁《かべん》は雪よりも厳《いか》めしく、ガドルフはその凜《りん》と張《は》る音さえ聴《き》いたと思いました。

暗《やみ》が来たと思う間もなく、また稲妻が向うのぎざぎざの雲から、北斎《ほくさい》の山下白雨《さんかはくう》のように赤く這《は》って来て、触《ふ》れない光の手をもって、百合を擦《かす》めて過ぎました。

雨はますます烈《はげ》しくなり、かみなりはまるで空の爆破《ばくは》を企《くわだ》て出したよう、空がよくこんな暴《あば》れものを、じっと構《かま》わないでおくものだと、不思議《ふしぎ》なようにさえガドルフは思いました。

その次の電光は、実に微《かす》かにあるかないかに閃《ひら》めきました。けれどもガドルフは、その風の微光《びこう》の中で、一本の百合が、多分とうとう華奢《きゃしゃ》なその幹《みき》を折《お》られて、花が鋭《するど》く地面に曲《まが》ってとどいてしまったことを察《さっ》しました。

そして全くその通り稲光りがまた新《あた》らしく落ちて来たときその気の毒《どく》ないちばん丈《たけ》の高い花が、あまりの白い興奮《こうふん》に、とうとう自分を傷《きず》つけて、きらきら顫《ふる》う(=ふるえる)しのぶぐさの上に、だまって横《よこた》わるのを見たのです。

ガドルフはまなこを庭から室の闇にそむけ、丁寧《ていねい》にがたがたの窓をしめて、背嚢のところに戻って来ました。

そして背嚢から小さな敷布《しきふ》をとり出してからだにまとい、寒《さむ》さにぶるぶるしながら階段にこしかけ、手を膝《ひざ》に組み眼をつむりました。

それからたまらずまたたちあがって、手さぐりで床《ゆか》をさがし、一枚の敷物《しきもの》を見つけて敷布の上にそれを着《き》ました。

そして睡《ねむ》ろうと思ったのです。けれども電光があんまりせわしくガドルフのまぶたをかすめて過ぎ、飢《う》えとつかれとが一しょにがたがた湧《わ》きあがり、さっきからの熱《ほて》った頭はまるで舞踏《ぶとう》のようでした。

(おれはいま何をとりたてて考える力もない。ただあの百合は折《お》れたのだ。おれの恋は砕けたのだ。)ガドルフは思いました。

それから遠い幾山河《いくやまかわ》の人たちを、燈籠《とうろう》のように思い浮《うか》べたり、また雷の声をいつかそのなつかしい人たちの語《ことば》に聞いたり、また昼の楊がだんだん延びて白い空までとどいたり、いろいろなことをしているうちに、いつかとろとろ睡ろうとしました。そしてまた睡っていたのでしょう。

ガドルフは、俄かにどんどんどんという音をききました。ばたんばたんという足踏《あしぶ》みの音、怒号《どごう》や潮罵《ちょうば》(=あざけりや、ののしり)が烈《はげ》しく起《おこ》りました。

そんな語《ことば》はとても判《わか》りもしませんでした。ただその音は、たちまち格闘《かくとう》らしくなり、やがてずんずんガドルフの頭の上にやって来て、二人の大きな男が、組み合ったりほぐれたり、けり合ったり撲《なぐ》り合ったり、烈しく烈しく叫《さけ》んで現《あら》われました。

それは丁度奇麗《ちょうどきれい》に光る青い坂《さか》の上のように見えました。一人は闇の中に、ありありうかぶ豹《ひょう》の毛皮《けがわ》のだぶだぶの着物をつけ、一人は烏《からす》の王のように、まっ黒くなめらかによそおっていました。そしてガドルフはその青く光る坂の下に、小さくなってそれを見上げてる自分のかたちも見たのです。

見る間に黒い方は咽喉《のど》をしめつけられて倒《たお》されました。けれどもすぐに跳ね返して立ちあがり、今度《こんど》はしたたかに豹《ひょう》の男のあごをけあげました。

二人はも一度組みついて、やがてぐるぐる廻《まわ》って上になったり下になったり、どっちがどっちかわからず暴れてわめいて戦《たたか》ううちに、とうとうすてきに大きな音を立てて、引っ組んだまま坂をころげて落ちて来ました。

ガドルフは急いでとび退《の》きました。それでもひどくつきあたられて倒れました。

そしてガドルフは眼を開いたのです。がたがた寒さにふるえながら立ちあがりました。

雷はちょうどいま落ちたらしく、ずうっと遠くで少しの音が思い出したように鳴《な》っているだけ、雨もやみ電光ばかりが空を亘《わた》って、雲の濃淡《のうたん》、空の地形図をはっきりと示し、また只《ただ》一本を除《のぞ》いて、嵐に勝《か》ちほこった百合の群《むれ》を、まっ白に照《て》らしました。

ガドルフは手を強く延ばしたり、またちぢめたりしながら、いそがしく足ぶみをしました。

窓の外の一本の木から、一つの雫《しずく》が見えていました。それは不思議にかすかな薔薇《ばら》いろをうつしていたのです。

(これは暁方《あけがた》の薔薇色《ばらいろ》ではない。南の蝎《さそり》(=さそり座)の赤い光がうつったのだ。その証《しょう》拠《こ》にはまだ夜中にもならないのだ。雨さえ晴れたら出て行こう。街道の星あかりの中だ。

次の町だってじきだろう。けれどもぬれた着物をまた引っかけて歩き出すのはずいぶんいやだ。いやだけれども仕方《しかた》ない。おれの百合は勝ったのだ。）

ガドルフはしばらくの間、しんとして斯《こ》う考えました。

現実をしっかり観察し、理解せよ——『雨ニモマケズ』

尊い行いとは何かを考えることこそ、人間の本質である

ぼくはこの章の締めくくりに、『雨ニモマケズ』という賢治の最も有名な詩を選びました。なぜなら、この詩は自分自身（と、ひいては地球上のわたしたちみんな）に対する賢治の熱い想《おも》いを最もわかりやすく示している、と信じているからです。

『春と修羅』という連作詩集のすぐれた「序」でも、賢治は自分自身を説明しています。まさに、その「序」は「わたくしといふ現象」という表現で始まっているのです。

ぼくは『英語で読み解く宮沢賢治の世界』（岩波ジュニア新書）という本のなかで、この「序」をくわしく分析しました。でもぼくは、それよりもっとわかりやすい『雨ニモマケズ』で、この章を締めくくりたいと思います。

ところで、ぼくの大好きな賢治の物語の一つに『学者アラムハラドの見た着物』があります。この章であつかった他の物語と同じように、この作品の舞台はインドです。主人公アラムハラドは学者で、森のなかの塾で生徒にさまざまな知恵を教えていきます。ここでも、アラムハラドは、森のなかの教師「宮沢賢治」の「もうひとりの自分」です。

ちなみに、賢治が花巻に設立した農民たちのための私塾、「羅須地人《らすちじん》協会」の「羅須」とは、

ポーランド語で「森(las)《ラス》」の意味です。賢治はここから協会の名前をとってきたにちがいありません。

「『何と云はれても』／『胸はいま』」の項(P. 39～)で述べたように、賢治がいつも自分に問いかけていたのは、「『わたし』とは何か」という命題でした。

アラムハラドには、タルラというお気に入りの生徒がいました。アラムハラドはタルラにこうたずねました。お前にとって、自分の両足よりも大事なものはあるのか、と。タルラはこう答えました。両足を切ることで人々を飢饉から救えるのなら、喜んで両足をくれてやりましょう、と。

そこで、アラムハラドは生徒に、賢治のこの命題の核心にあたるような質問をします。

小鳥が啼《な》かないでいられず魚が泳《およ》がないでいられないように人はどういうことがしないでいられないだろう。人が何としてもそうしないでいられないことは一体どういう事だろう。考えてごらん。

この問いに対して、賢治は作品のなかの生徒の口を借りて、こう答えます。

人はほんとうのいいことが何だかを考えないでいられないと思います。

この答えに対して、師のアラムハラドが言います。

人は善《ぜん》を愛《あい》し道を求めないでいられない。それが人の性質《せいしつ》だ。

つまり、善《よ》い行い、尊い行いについて考えるのは人間の「性《さが》」だ、ということです。それは、鳴くことが鳥の「性」であり、泳ぐことが魚の「性」であるのとまったく同じです。善い行いについて考えることはわたしたちの「本質(nature《ネイチャー》)」や「人間性(human《ヒューマン》 nature《ネイチャー》)」なのです。

これが「自己」の意味、すなわち「『わたし』とは何か」という問いに対して、賢治が到達した結論にちがいありません。

悪はこの世界からなくならない。でも、善によって取り消すことができる

この章で見てきた大切なことのひとつは、「わたし」というものは自然の森羅万象から切り離されたものではなく、むしろ自然の一部であり、それと密接につながっているのだ、という賢治のメッセージです。そして、わたしたちの想像力こそが、この真理を導いてくれる「媒体」(つまり「教師」)なのだ、というメッセージです。

このように理解すれば、わたしたちは、鳥が鳴かないでいられないように、魚が泳がないでいられないように、善や愛情という人間の最も大切な感情にもとづいて人生を他人にささげられるようになるでしょう。そして、無私の心さえ持てるようになるかもしれません。

わたしたちは心を開いて他人を助けられるようになるでしょう。そして、このことはわたした

ちひとりひとりの人生に「生きがい」を与えてくれるにちがいありません。その結果、わたしたちは自分の「ナリタイモノ」になれるのです。

「わたし(自分)」とは何か、「あなた(他人)」とは何か、世界とは何かという問いに対して賢治がどのような答えを出そうとしたのかを考えてきたこの章の最後に、こう結論できると思います。

人間は本質的に善い存在である。

もちろん、この世には悪が存在します。悪はこれまでずっと存在してきたし、これからもずっと存在し続けるでしょう。賢治の作品にも、しょっちゅう悪がその醜い顔をのぞかせます。しかし、賢治は決して悪から目をそむけようとはしません。

むしろ、賢治は悪をしっかりと見すえ、それをわたしたちや世界の「不可欠な」一部として捉えます。賢治はそう認識したうえで、わたしたちは悪を否定したり、善で取り消したりできる、と考えたのです。

でも、わたしたちは両足を切り落としたり、『銀河鉄道の夜』のサソリのように身体を燃やしたりする必要はありません。自分の一部、つまり時間や愛情やわずかなお金といったものを、身近な人だけでなく、見知らぬ人にも分けてやりさえすればよいのだ。賢治はそう言っているのだと思います。

たとえそうしたとしても、自然にもともと存在するものであれ、人があとから作り出したものであれ、悪が滅ぶことはないでしょう。しかし、こう行動することで、悪を善で取り消す可能性が生まれてきます。

『雨ニモマケズ』は日本で最も有名な現代詩の一つです。それはこの章の終わりにふさわしいだけでなく、この第一章と次の第二章をつなぐ架け橋にもなっています。

この架け橋は、この詩のちょうど真んなかあたりの二行にあります。そして、その二行こそが、この詩全体を支える柱、あるいは中心軸になっていると思います。

そこには、こう書かれています。

アラユルコトヲ
……
ヨクミキキ《見聞き》シワカリ《し分かり》

たったの十六字です。

でも、この十六字で、賢治はわたしたちにとても大切なもう一つのメッセージを伝えています。

それは、ほんとうに「自然とつながって生きる」ためには、わたしたちは想像力だけでなく、知識や経験、目の前のあるゆるものやできごとに対する鋭い観察力をも働かせなければならない、というメッセージです。

それでは、『雨ニモマケズ』をお読みください。

〈雨ニモマケズ〉

雨ニモマケズ
風ニモマケズ
雪ニモ夏ノ暑サニモマケヌ
丈夫《じょうぶ》ナカラダヲモチ
慾《よく》ハナク
決シテ瞋《いか》ラズ（＝怒らず）
イツモシヅカニワラッテヰ《い》ル《る》
一日ニ玄米四合ト
味噌ト少シノ野菜ヲタベ
アラユルコトヲ
ジブンヲカンジョウニ入レズニ
ヨクミキキシワカリ
ソシテワスレズ

野原ノ松ノ林ノ蔭《かげ》ノ
小サナ萓《かや》ブキノ小屋ニヰテ《いて》
東ニ病気ノコドモアレバ
行ッテ看病シテヤリ
西ニツカレタ母アレバ
行ッテソノ稲ノ束《たば》ヲ負ヒ《おい》
南ニ死ニサウナ《そうな》人アレバ
行ッテコハ《こわ》ガラナクテモイヽ《いい》トイヒ《言い》
北ニケンクヮ《けんか》ヤソショウガアレバ
ツマラナイカラヤメロトイヒ
ヒドリ《日照り》ノトキハナミダヲナガシ
サムサノナツハオロオロアルキ
ミンナニデクノボートヨバレ
ホメラレモセズ
クニモサレズ
サウイフ《そういう》モノニ
ワタシハナリタイ

賢治は「わたし」というものをどう捉えたか

われ神経細胞で電気的に感じる。ゆえにわれあり

第二章に入る前に、賢治が「自己（わたし）」というものをどう捉えていたかについて、少々説明したいと思います。ここで述べることは賢治からの「メッセージ」ではありませんが、賢治とその作品、そしてそのメッセージを理解するうえで、とても大切だと思うからです。

二〇〇八年、埼玉県にある理化学研究所脳科学総合研究センターの谷《たに》淳《じゅん》先生から、ぼくにメールが届きました。これは谷先生との初めてのやりとりでした。先生はすぐれた研究者で、「心と知性」の謎や脳の働きを調べています。

谷先生は、ぼくに、賢治の「黒と白との細胞のあらゆる順列をつくり……」という文で始まる、短いけれどとても難しい詩を翻訳してほしいと頼んできました。谷先生は国際会議で賢治の話をするつもりだったので、ぜひとも英訳が必要だったのです。先生はこう言いました。

「一九二七年に書かれたこの詩は、『人間の感情や夢や思考というものは、神経細胞の働きから生じるのだ』ということを、おそらく人類史上初めて言ったものでしょう」

ぼくはずいぶん前にこの詩を読みましたが、そのとき、この詩の内容がそれほど画期的なものだと気づきませんでした。それどころか、正直に言うと、その当時、ぼくはこの詩をきちんと理

解していませんでした。

賢治の世界をわかりやすく説明しようとしている本で、賢治の作品のなかでも最も難しい詩の一つを取り上げるのは矛盾に見えるかもしれません。でも一つには、一度この詩を説明してみれば、理解するのはそう難しくない、という理由があります。もう一つには、賢治がぼくに声をかけてくれたとしたら、きっと「まずこの詩から本を書きたまえ」と言っただろうと思うからです。

つまり、賢治が自己とそれを取り巻く森羅万象を理解しようとした出発点は、「脳」である、ということです。

あわれみや同情、情け、共感、愛といった感情は、宮沢賢治という人間と詩人がとても大きな関心を持ったものです。でも、こうした感情はいったいどこから湧いてくるのか？　日本の作家ならば、「心」から、と答えるでしょう。

心。この日本語は外国語にうまく翻訳できません。英語でいえば、心とはheart《ハート》とmind《マインド》のある場所です。しかし、賢治の世界観はこれとはちがいます。賢治の場合は、「脳」を基本にしているのです。ただし、その脳は単に思考するだけでなく、精神の世界や物質の世界を感じ取るものでもあるのです。

西洋、特にロシア人の作家は「魂《たましい》」を強調します。これは表面的には、敬虔《けいけん》な仏教徒の賢治に似ているかもしれません。

でも、この詩で賢治が捉えようとしていることはそれとはちがうと思います。

「わたし」と「わたしの考えること」は物理的な肉体現象から生じている

後ほど紹介するこの詩のなかに「電子系順列」と賢治が表現している少し難解な言葉がありま す。それが、まさにわたしたちの脳のなかの神経細胞で起こる電気的な「物理現象」の意味です。

つまり、心という何だかわけのわからない抽象的なものではなく、物理的な「肉体現象」こそが、わたしたちの感情、夢、思考を作り出している、と賢治は言っているのです。魂とは肉体の一部ではありません。賢治は、この世界で生まれるすべての現象を、肉体を通して考えたり感じたりするのです。

もちろん、賢治の作品を読むと、しばしば超自然的な力が登場してくるように思える場合もあります。賢治の物語には、はっとするようなできごと、奇妙なできごと、荒唐《こうとう》無稽《むけい》なできごとがつきものですから。

でも、これから説明するように、こうしたできごとは賢治の非現実的な空想ではありません。それらは一見、超自然的なもの、現実離れしたものに思えるでしょうが、実はそうではありません。賢治の世界で起こるあらゆるできごとは、彼にとってはまったく自然で現実的なものなのです。

わたしたちの感情や行動は、心ではなく、脳の神経細胞の働きから生まれる

例の短い詩を紹介する前に、まず二つのことを説明したいと思います。

最初は、ノーベル生理学・医学賞をとったフランシス・クリックのことです。

彼は共同研究で、DNAの二重らせん構造を発見しました。一九九四年、その彼が一冊の本を書き、センセーションを起こしました。本のタイトルは『DNAに魂はあるか――驚異の仮説』(講談社刊)です。この本で、彼はこう書いています。

「あなたがた自身、あなたがたの喜び、悲しみ、あなたがたの記憶、野心、あなたがたが自分の個性や自由意志だと感じることも、実際には神経細胞の大きなかたまり、それらが相互につながった分子の反応にすぎないのだ」

現代の心理学や社会学の多くは、基本的に、社会、つまり環境の視点から、あるいは遺伝子の視点から人間の行動パターンを分析したものでした。たとえば、両親の性格とか、これまで受けてきた教育によって、わたしたちの行動パターンの多くが決まるという考え方です。

そうやって人間のふるまいを分析することの「よしあし」は別として、人が生まれ育った環境は、どのように現在のわたしたちの行動パターンと結びついているのでしょうか?

クリックが一九九〇年代に発表した先ほどの本によると、わたしたちが自分のものの見方、自分のふるまいかたを知りたいのならば、自分の脳の神経細胞についても知っておかなければなら

ない、と言っています。

賢治は実際に自然に触れ、脳の五感によって世界を理解しようとした

でも、本当の「驚異」は、日本の東北地方の田舎町に住んでいた無名の科学者が、クリックよりおよそ七〇年も前に、詩という形でまったく同じ真理を述べていたことです。

ぼくが説明したい二つめのことは、有名な『春と修羅』という詩の連作集のサブタイトルとして、賢治自身がわざわざ英語でmental《メンタル》 sketch《スケッチ》 modified《モディファイド》と書きそえていることです。

賢治はこの英語の表現で、いったい何を言おうとしているのか？

言うまでもありませんが、この表現は三つの単語からできています。

まず、mentalという語です。この英語は日本語で「頭の、脳の」という意味です。つまり、わたしたちがまわりの世界を観察するとき、見たり聞いたり感じたりすることのすべては、脳で生まれる五感を通して行なわれる、ということを意味しています。

わたしたちは世界を「見て」いるだけではありません。わたしたちは世界を「感じて」もいます。賢治に言わせれば、五感はわたしたちに自然を理解させるために、自然を処理するのです。

たとえば、風で電線がゆれると、賢治の脳の五感はそこに音楽を感じます。川の流れに手をひたすと、賢治の脳の五感は宇宙を感じます。そのすべての現象は、自分の心のなかではなく、脳のなかで起こっている、と言っているのです。

次にsketchという語。これは、机上で想像にふけるのではなく、賢治が実際に自然に分け入り、それとふれあった(ほんとうにそこにあるものを、自分の脳の五感を通してスケッチした)ことを意味しています。

賢治は書斎にこもり、自然現象に関する本を読むこともありましたが、それだけではありませんでした。もちろん、賢治は根っからの本の虫、学問好きの研究者でしたが。

賢治は植物や石のラテン語名まで知っていたし、それを自分の作品のなかで使うこともしょっちゅうでした。あらゆる科学者にあてはまりますが、賢治にとっても、ものの名前をきちんと知ることはとても大切なことだったのです。

賢治は濡《ぬ》れ縁《えん》にすわり、季節の移り変わりをながめ、生きるものの無常を嘆いていたのではありません。日本の詩人は平安時代から季節の移り変わりを和歌や俳句などに詠《よ》んできましたが、これは賢治にはあてはまりません。賢治の世界においては、季節の移り変わりも、情緒的なものというより、この世に起こる物理的、科学的なできごとの瞬間にすぎないのです。

満開の桜、もみじの落葉……。人間の心を動かすものは、そんなものより規模のずっと大きな現象です。

賢治の自然の捉え方は、モネやピサロといったフランス印象派の画家やアメリカの有名な画家、ウィンズロー・ホーマーに似ています。

彼らはみんな「戸外(en《アン》 plein《プラン》 air《エール》)」へ出て、自然を描きました。日本語に訳すと「外光派」です。つまり、この流派の画家は部屋にじっと閉じこもってキャンバスに向かっていたのではなく、実際に戸外へ行き、そこで自らの五感を駆使して画《え》を描いたのでした。

これこそが、賢治がsketchという語で言おうとしたことです。

部屋に閉じこもって思索にふけるのではなく、スケッチブックを片手に田んぼや畑を歩きまわり、目にしたものを書きとめる。このとき、賢治はきっと最高の幸せを感じていたと思います。

ではここで、mentalとsketchをつなげてみましょう。そうすると、賢治がまわりの世界をどのように捉えていたのかがわかるからです。

賢治が常に行なっていたのは、脳、つまり五感が処理した（＝mental）自然とそのあらゆる現象をスケッチする（＝sketch）ことでした。人は自然を感じ、処理することで、初めてそれが何かを理解しようとします。ぼくがこの章の冒頭（P.20）でソローのすばらしい作品『ウォールデン』から、その一文を借りてきたのはそのためです。ソロー同様、賢治も「世界の甲板に立とう」とするでしょう。そこでは、目の前に広がるすべてのものを観察できるのですから。

おしまいに、mental sketch modifiedという表現の最後の単語、modifiedについて見ておきましょう。

modifiedとは、「修正された、変えられた」という意味です。

つまり、視覚、聴覚、嗅覚、触覚、味覚が自然をスケッチすると、その現象は脳によって再処理され、修正される、と。

「たとえ」で考えてみましょう。

映画の俳優はカメラのレンズによって撮影され、フィルムに記録されます。こうして、「像《イメージ》」

が生まれます。わたしたちが映画館で見ているものは、俳優その人ではなく、フィルムという道具が記録した「像」というものです。

さて、今度は、インクという道具を用いて、自然現象を紙の文字にうつす「プロセス」そのものを考えてみましょう。

人間は脳の五感によって、自然現象の「像」を修正しようとします。書きあがった「像」が「本物」の自然現象とぴったりと一致することなどありえません。書きあがった「像」は、「本物」に対する画家や詩人それぞれの個人的な「捉え方」にすぎないからです。

だから、賢治は自分が書いた詩を単に「詩」といわず、「あくまで『わたし』という一個人によって修正された(=modified)、『わたし』一個人の心的スケッチ(=mental sketch modified)」と「ただし書き」をしているのです。自分を取りまく外の世界は、いったいどう捉えられる(スケッチされる)のか、(脳の五感の働きによって)どう修正されるのか、どう記録される(形容される)のかを、この表現は見事に説明しています。

繰り返しますが、これはもちろん自然そのものではありません。でも、人間が手に入れられるもののなかでは最も自然に近いものである、とぼくは思います。

わたしたちの「意識」は、無数の脳細胞の反応によって生まれる

それではいよいよ、賢治が書いた驚異の詩をご紹介しましょう。

黒と白との細胞のあらゆる順列をつくり
それをばその細胞がその細胞自身として感じてゐて《いて》
それが意識の流れであり
その細胞がまた多くの電子系順列からできてゐるので
畢竟《ひっきょう》(＝結局)わたくしとはわたくし自身が
わたくしとして感ずる電子系のある系統を云《い》ふ《う》ものである

これはたった六行の詩です。でも、この項の初めでぼくが告白したとおり、簡単に理解できる詩ではまったくありません。

この詩で賢治はいったい何を言おうとしているのでしょうか？

ポイントになるのは、三行目の「それが意識の流れであり」というところです。

意識。

これのおかげで、わたしたちは「わたしたちらしく」あり、まわりのものやできごとを感じ取ることができる、と言っているのです。

この「意識」は、無数の脳細胞とその無限の組みあわせ(「あらゆる順列」)からできています。

つまり、まったく肉体的な作用によって、人はものやできごとを感じ取り、意識をも持つようになるのです。ここには、肉体を超えた何か、あるいは超自然的な何かが占める余地などありません。あるのは、脳のなかのニューロンという神経細胞同士のつながりだけだ、と賢治は言っているのです。
最後の二行では、賢治が自分に問い続けた謎、「『わたし』とは何か」が明らかにされています。
谷先生のリクエストに応《こた》えようと、ぼくはこの二行をこう訳すことにしました。

In the end, what is called my self
Consists of an electronic system I sense as myself

気づいてほしいのは、一行目ではmy selfと二語に分け、二行目ではmyselfと一語で書いた「ちがい」です。

まず、「わたし(my《マイ》 self《セルフ》)」です。

これは「意識」といってもよいでしょう。前述のとおり、これは脳の電気的な刺激によって生まれてくるものです。

この意識を自分自身がどう捉えるのか、これを自分自身がどのような言葉や行動に移し変えるのかによって、「わたし」というものが決まってきます。これが「わたし自身」(myself)です。

人に会ったとき、ぼくが見ている人物、ぼくに会ったときに人が見ている人物が、まさにこれです。「出会い」というのは、「わたし」と「あなた」の脳の無数の神経細胞とその無限の組みあわせの「ぶつかり合い」なのです。

つまり、わたしたちはニューロンが無数に集まったものにすぎず、他のニューロンの集まりとやりとりしているだけだということです。

なぜだれもが同じように世界を感じ取れるのか？

では、人間の親切な行動や、相手に対しての共感はなぜ、そしてどこから生まれてくるのか？　たとえば、東日本大地震とその津波の悲劇があったときのように。人間の道徳心や他人への愛情はなぜ、そしてどこから生まれてくるのか？

賢治が、その短い生涯で苦しみ、悩み続けたのはまさにこの問題でした。

しかし、その前にまず、わたしたちはこう自分に問いかける必要があるでしょう。まったく同じ世界や現実を見ているはずなのに、わたしたちはなぜそれぞれがちがう捉え方をしてしまうのか？

身近な例からはじめましょう。

ぼくは何度も東北をたずねるうちに、「ほや」が大好物になっていました。ぼくにとっては「ほや」はおいしい食べものです。岩手や秋田、青森や宮城、ほんとうは、新潟でもどこでもいいのですが、こういった地方名産の地酒といっしょならば「言うことなし！」です。でも、「ほや」がきらいな人はけっこういます。つまり、脊索《せきさく》動物門・尾索《びさく》動物亜門に属する赤黒い色をした生物としての「ほや」の現実データはだれにとっても変わらないのに、そのデータの捉え方は、人それぞれの味覚に左右される、ということです。

今度は、「ほや」から「戦争」へと話を大きくしてみましょう。第二次大戦が一九四五年八月十五日に終戦記念日をむかえ、その戦争で命を失った人たちの数などの現実のデータを疑う人はいません。では、第二次大戦の原因は何だったのか？　だれに戦争の責任があったのか……？

賢治は自然科学者でもあったので、最もきびしく自分に問いかけていたのは、こうした「生のデータ」をどう扱うかでした。試行錯誤のうえに賢治が最終的に悟ったのは、こういうことだと思います。

生のデータをできるだけ集め、そのデータが示す客観的な事実を、宗教の教えなどに頼らずに、まず自分の目で見たり、手で触ったり、舌で味わったり、自分の脳で考え、理解したりすれば、だれにでも必ず、社会や自然や宇宙に対する共通の認識や意識、他者への共感が生まれてくるはずだ。

そして、もっとデータの量を集め、そのデータが示すことをさらに自分の脳で考えるようにつとめれば、その共通の認識や意識の質と量はどんどん増えていくだろう。

「人間の親切な行動や、相手に対しての共感はなぜ、そしてどこから生まれてくるのか？」という最初の疑問に対する答えはこうです。

人間が抱く他者への思いやりや共感とは、宗教のように自分の外から押しつけられて生まれるものではない。現実のデータをよく集め、よく知れば、だれもに自分自身の脳のなかから、この世界に対する、ある共通の意識が生まれてくる。

わたしたちがとても悲しいできごとや悲劇を目撃すると、当然、心が引き裂《さ》かれるように感じます。しかし、それに対するわたしたちの反応は、賢治が言ったニューロンの働きから湧き出るのです。脳こそ、慈悲というものの源《みなもと》です。

賢治は信念をとことん貫く人でした。ときには、押しつけがましいまでの信念を見せました。そうした押しつけがましさの根っこには宗教がありました。でも、賢治は、わたしたちにも自然や宇宙に対する自分ならではの見方を持つことを望んでいました。もちろん、わたしたちが宇宙を正しく観察し、宇宙のくわしいデータを集める「科学の目」を身につけて初めて、そうした見方を持てるようになるのでしょうが。

賢治にとって、行動は何よりも大切だったはずです。しかし、がむしゃらにやるのではなく、行動する前に、わたしたちは脳の五感で宇宙を吸収し、それを消化しなければならないとも賢治は知っていたでしょう。データを十分に消化しないでがむしゃらに行動すると、とんでもなく悪い方向に突き進んでしまうことさえあるからです。

次に紹介する『春と修羅』の美しい「序」で賢治が言おうとしているのは、まさにこのことでした。

風景や人物をかん《感》ずるやう《よう》に
そしてたゞ《ただ》共通に感ずるだけであるやう《よう》に
記録や歴史　あるひ《あるい》は地史といふ《いう》ものも
それのいろいろの論料《データ》といつしよ《いっしょ》に

（因果《いんが》の時空的制約のもとに）
われわれがかんじて《感》ゐる《いる》のに過ぎません

ここで引用した部分のポイントは「共通に感ずる」というところです。まわりの世界に対して、わたしたちが「共通に感ずる」ことは、わたしたちみんなの知識となります。でも、世界に対して共通の知識を持てるのは、わたしたちが脳のなかに「電気的な意識」を持っているからです。

では、その知識をもとにして、わたしたちはどのように行動を起こすのでしょうか？ いい直しておくと、現実というデータの捉え方は人によってちがいます。わたしたちはその捉え方のちがいのおかげで、データの「意味」も自分なりに理解できるのです。しかし、その出発点から、人間はどう行動すればいいのか？ どんな方向へ走ればいいのか？

道徳的な羅針盤《らしんばん》の針の方角は人それぞれに異なる

英語にはmoral《モラル》 compass《コンパス》というすばらしい言葉があります。これを直訳すると、「道徳的な羅《ら》針盤《しんばん》」という日本語になります。これはわたしたちひとりひとりの道徳心、いわゆる良心や善を、わたしたちひとりひとりがどう捉えているのかということです。

賢治自身は「道徳的な羅針盤」とは言いませんでしたが、わたしたちひとりひとりの道徳心に対する彼の感覚を説明するのに、この言葉はまさにぴったりでしょう。

わたしたちはだれでも、この羅針盤の針の向きにしたがって行動します。無私の心を持ち、困っている人を助ける人もいれば、自分の欲にこりかたまり、困っている人を見捨てる人もいます。賢治自身はとてもすばらしい理想をかかげ、手帳に短い詩を書きました。その詩が、日本人ならだれでも知っているであろうあの『雨ニモマケズ』です。

賢治はまったく欲のない人になろうとし、他人の幸せのために人生をささげました。こうした理想を実現できる人はそういないかもしれません。それでも、この理想は「賢治の理想」というものであり続けると思います。

ここで、羅針盤の「盤」について、ちょっと考えてみましょう。

「盤」は「輪」のような形をしています。でもいったい、わたしたちの「輪」の大きさはどれぐらいなのでしょう?

賢治ならばきっとわたしたちにそう問いかけてくるでしょう。自分の家族や友人といった「輪のなか」の人を助けても、「輪の外」の人は助けたりはしないというのが、ごくふつうだと思います。

世界のほとんどの人にとっては、自分の民族や国が大きな「輪」になります。

どこか遠いところで飛行機事故があったと想像してみてください。どの国でもマスコミが最初にするのは、「邦人」(つまり、自分の羅針盤の「輪のなか」の人のことです)がその飛行機に乗っていたかどうかを調べ、仲間に伝えることでしょう。もちろん、これはごく自然なふるまいです。

わたしたちは羅針盤の輪を、宇宙にまで広げなければならない

でも、宮沢賢治の羅針盤の「輪」は、そのようなレベルにとどまりませんでした。そこには、世界や宇宙全体までもが含まれていたのです。

もう一度言いましょう。賢治の羅針盤の「輪」には、家族やふるさとや国、賢治もその一部だった生物的な種、つまり人類といったものだけが含まれているのではありません。そこには、人間以外の動物、植物、岩石や空気や光、天の川よりも遠くにある銀河といった無機物、無生物も含まれています。賢治の輪は、それほどまでに広く大きいのです。

だから、賢治に作品を書かせ、賢治に行動を起こさせたのは、人間に対してだけの愛情ではありませんでした。もちろん、他の人々への愛情は賢治の「脳のなかの電気的反応」の一つだったでしょうが。

はっきりいえば、賢治を「わたしたちの知る偉大な賢治」にしたのは、近くにあるものでも遠くにあるものでも、まわりのものすべてに対する「道徳的な羅針盤」から出たふるまいなのです。そして、この正しい方向をさし示す自分ならではの道徳的な羅針盤は、だれでもきちんと持てるはずです。

もちろん、そうするには、わたしたちはまず自分自身のことをきちんと理解しなくてはなりません。そして、わたしたちみんなが現実を感じ取り、この自然界でおたがいにつながっているこ

ときちんと理解しなくてはなりません。

「わたしたちはこの宇宙のありとあらゆるものと、五感を通じておたがいにつながっている」

そう理解することこそが、「宮沢賢治」という巨大な世界の宝箱を開くカギなのです。

わたしたちが自然をしっかり観察し記録すれば、自分が人として自然界でどんな役割を果たすべきかがわかるでしょう。そして、自然の一部である人間の進歩のためにだれもが力をあわせることができるようになると思います。

そのとき、わたしたちの道徳的な羅針盤の「盤」は、宇宙とまったく同じ大きさになっているでしょう。

そしてそのとき初めて、わたしたちの羅針盤の針も、賢治と同じように、宇宙のあらゆるものに対する尊い行いや愛情の方向をさし示しているにちがいありません。

第二章

すべては「つながっている」

仏教の教えの一部がまちがっていると科学が証明したら、
仏教も変わらなければならないだろう。

チベットのダライ・ラマ

宮沢賢治の物語には、あらゆるものが含まれている

第一章の最後の方で紹介した『雨ニモマケズ』という詩には、わたしたちにとって「森羅万象をじっくり観察し、その声に耳をすませる」ことがどれだけ大切なのか、というメッセージが含まれていると言いました。

ここで言いたいのは、他の人を観察し、彼らの声に耳をすまさなければならない、ということだけではありません。人間だけでなく、あらゆる動物を観察し、その声に耳をすませることも同じように大切だ、と言いたいのです。そして、植物や雨、みぞれや雪、川や湖、海や岩石、山並みや空気や空といったものにもそうすることが必要です。こうしたものもすべて、わたしたちに語りかけてくる「声」、わたしたちを見つめてくる視線を持っているからです。

では、こうしたものすべてがわたしたちとともに存在することを感じとり、そこから学ぶために、わたしたちはどのように視線と耳を鋭くすればいいのか？　わたしたちはどうすれば「もの」の声を聞き、その視線に気づけるようになるのか？

その答えは「物語を聞いたり読んだりすること」だと思います。物語は人間についてのさまざまなできごとを描いているだけではありません。それは過去や現在を再現し、未来を「構成」しているからです。

こうした現実をありのままに理解するには、わたしたちは宇宙とはどんなものなのか、生きる

ことの意義とは何であるのかがきちんと説明されている物語を読まなければなりません。

賢治の物語でユニークなのはどんなところでしょうか？

賢治の作品は生前あまり注目をあびませんでした。それは、日本の読者の読みなれたものとはかなりちがっていたからだと思います。

他にも理由を挙げてみましょう。賢治自身があまりにも敬虔《けいけん》だったから。耳なれない擬声語や表現、方言がたくさん出てくるきわめて難しい文体だったから。ふつうの読者にはなじみのない科学の専門用語が連発されていたから、などなどだと思います。

「ふつう」の物語はどう語られるのか？

賢治の物語がいかにユニークかを説明するために、ある体験談から始めましょう。

ぼくはとても悲しい事故を目撃したことがあります。それはぼくの家の近所で起きました。道路を横断している人が車に轢《ひ》かれてしまったのです。

轢かれたのは女の子でした。まだほんの子どもでした。七歳か八歳ぐらいだったと思います。その子はピンクの服と白い靴をはいていました。赤いランドセルを背負っていたはずです。

事故が起きたとき、ぼくはちょうど家の玄関の前にいました。もちろん、ぼくは女の子のところに飛んでいきました。彼女の白い帽子は頭から落ち、みぞに転がっていました。なぜか、ぼくは帽子をひろい、胸のところでじっと抱えていました。そして、ぼくは轢かれたのが向かいに住むエミコだと気づきました。エミコはかわいくて明るい子でした。いつも笑顔でおじぎをして、「おはようございます」とあいさつしてくれるのでした。そのエミコの首が横にねじ曲がっていました。まるでぬいぐるみか死んだサギの折れた首のようでした。エミコの頭のてっぺんにあいた大きな穴から血がどくどくと流れていました。もう手遅れだということはすぐにわかりました。

このように悲しくて恐ろしい話から、この章を始めて申しわけありません。しかも、かなりくわしく。でも、このような話を聞けば、わたしたちは命がいかにはかないものか、道路を横断するという日常のささやかな行為ですらどれほど危ないものなのかを理解するはずです。

賢治は多くの物語で動物や子どもの死をあつかっていますが、それを美しく飾り立てることはめったにしませんでした。『よだかの星』のよだかの死、『フランドン農学校の豚』の豚の死は、色とりどりの描写でやわらげられているとはいえ、とても現実的できびしく、孤独で悲劇的でもあります。

女の子の事故死という物語をとりあげたのは、物語がどのように語られるのか、わたしたちの脳がどのように物語の筋《すじ》をたどるのかについて、ちょっとしたヒントをさしあげたかったからです。物語には、現実的なものや空想的なもの、ばかげたものもありますが、物語が、できごとから次のできごとへ、エピソードが次のエピソードへと展開していけば、そして、それがわたしたちの興味をひきつければ、わたしたちはちゃんと読み続けます。

ふつう、わたしたちは、本人か目撃者の視点から物語の筋をたどります。例に挙げた事故では、ぼくが目撃者でした。事故があったとき、ぼくはたまたま玄関のところにいました。同じように、物語の作者自身も目撃者になることがあります。彼らは小さな偵察機のようにできごとのまわりを、場所から場所、時間から時間へと自由に飛び、わたしたちが読むことになる物語を最後まで縒《よ》りあわせていきます。

それでは、先ほど書いたあの事故の話に戻りましょう。

みなさんがこのできごとについて最初に知ったことは何だったか？　それは、事故が起こったことと、それがどこで起こったのかということです。このとき、人が車に轢かれたことは知っていますが、轢かれたのがだれなのか、その人がどうなったのかについてはまったくわからないはずです。轢かれたのは男性なのか、女性なのか。年配の人なのか若者なのか。日本人なのか外国人なのか。その人は生きているのか、それとも死んでしまったのか。こうしたことについてはまったくわからないと思います。

そして、みなさんは轢かれたのが女の子、それも七歳か八歳の女の子だったことを知ります。ああ、ひどい。まだほんの子どもなのに。でも、その子は助かったかもしれません。わたしたちは女の子がピンクの服、白い靴をはき、赤いランドセルを背負っている姿を想像します。おそらく、女の子は学校に向かっているところだったのでしょう。

最後に、みなさんは轢かれたのが向かいに住むエミコであり、エミコがすでに死んでいることを知ります。これはむごすぎる……。

わたしたちが生き延びられるかどうかは、好奇心の質や量で決まる

人が車に轢かれた。このことを人から教えられたり、ニュースで聞いたりしただけだったら、この悲劇に対する実感が湧いてこないかもしれません。でも、みなさんが性別や年齢、外見や名前といった被害者のくわしい情報を知ったなら、悲しくてやりきれず、泣いてしまうかもしれません。単なる「できごと」を悲劇に変えるのは、「できごと」それ自体ではなく、そのくわしい情報や詳細な内容だといえるでしょう。

この物語にタイトルをつければ、「事故」か「エミコの死」といったものになるでしょう。しかし、はっきり言えば、物語というものはできごとの積み重なりと、それを具体的なものにするためのイメージや詳細な記述にすぎません。

物語は交通事故という劇的なできごとから始まります。当然のことですが、わたしたちは轢かれたのがだれか、その人がどうなったのかを知りたがります。人間というものは生まれながらに好奇心を持っています。わたしたちが日常生活でまわりの世界について知り、人生をより幸せに生きていきたいと思うのは、生まれながらの好奇心があるからです。つまり、わたしたちが幸福感や安心感を持てるのは、他の人やまわりの環境に対する好奇心があるからです。

ただし、他人の思考や行動を知りたいと思うだけでは不十分で、わたしたちはそれを実際に知る必要があります。でなければ、わたしたちはいったいどうやって他人と共有、共存している場

所や環境を具体的に理解できるのでしょうか？

そうするには、わたしたちはまわりの状況、天気、道路の状態などを知っていなければなりません。つまり、わたしたちが無事に生き延びられるかどうかは、好奇心の質や量によって決まってくるのだといえます。

だから、わたしたちは物語を強く求めるのです。ただそれを楽しみたいからだけではありません。もちろん、読んでいて楽しいから、物語に喜び、ワクワクします。でも、わたしたちが物語を強く求める第一の理由は、他の人の心理やまわりの環境についての物語を知って初めて、現状に満足し、安らかな日々を送れるようになるからだと思います。

つまり、物語はわたしたちの生活を豊かにする絵に額縁《がくぶち》を与えてくれるのです。額縁が絵を支えるように、物語もわたしたちの生活を支えています。

わたしたちの先祖は、文字が存在するずっと前からこの真理を知っていました。文字がなかった時代、人間は語り部《べ》の口を通じて物語を紡《つむ》ぎ、あらゆる知識を子孫に伝えようとしました。そして、物語のおかげでわたしたちは知識をたくわえ、それを記憶できるようになりました。物語というものは、わたしたちの生活の知恵そのものなのです。

言うまでもなく、文学において決定的なのは文体、つまり人、時間や場所のイメージを喚《よ》びおこす言葉遣《づか》いと作者の筆力です。文体に魅力がなければ、わたしたちはすぐに読み物を放り出してしまうでしょう。本屋で本を手に取り、ちょっと読んでみて、そのまま棚に戻す。こうした経験はだれにでもあると思います（この本もそのような「憂《う》き目」にあわないように、手っ取り早く要点にうつることにします）。

賢治の作品には、他のものから独立して存在しているものなどない

ぼくの意見では、賢治はどんな国のどんな作家ともちがっています。確かに賢治はすぐれた物語作家なので、わたしたちは彼の作品の登場人物に何が起こるのか知りたくなります。なぜジョバンニとカムパネルラはふしぎな銀河鉄道に乗っているのか？　彼らにはどのような結末が待っているのか？　『注文の多い料理店』の猟師や『なめとこ山の熊』の熊捕《と》り小十郎の運命はどうなっていくのか？　登場人物に対するこうした好奇心のおかげで、わたしたちは物語を最後まで読み進めることができます。

しかし、人物についての語り口は、賢治の物語をおもしろくしている原動力ではありません。賢治の物語を動かしているのはそれとは別のエネルギー源です。

賢治がユニークなのは、彼の物語や詩が基本的に人間を中心にすえていないことです。賢治の作品は、「車に轢かれたかわいそうなエミコ」というぼくの話とは全然ちがいます。かりに賢治がこのテーマをあつかうとしたら、道路のアスファルトの色、事故の瞬間の大気を彩《いろど》る光や風などについて、とてもくわしく書くでしょう。

つまり、賢治がエミコという子どもの死についての物語を書けば、それはできごとの語り直しだけにはとどまらないでしょう。それは、自然およびそのなかでの人間の生についてのたとえ話

にもなるにちがいありません。賢治の作品において、生物か無生物かを問わず、他のものから独立している人や動物や植物や岩石はありません。無機物でさえ独立してはいないのです。賢治の手にかかれば、エミコの死も現実のなかの単なる一つのできごとにすぎなくなるでしょう。地球上のいたるところで、無数の生物が永遠に生と死を繰り返していることを考えれば、エミコの死も「二次的なもの」にすぎない、といえるのです。

賢治のメッセージのキーワードは「つながり」である

東日本大震災やその後に起こった津波、原発事故の二〇一一年のなかで、「きずな」は日本人が一致団結する大切さを象徴する言葉になりました。

「きずな」は、確かに、そのおかげでわたしたちがおたがいにわかりあえる、すばらしい理想を表す言葉だと思います。でも、賢治にとって、「きずな」以上に現実的な言葉は「つながり」というものでした。この言葉は人と人同士の「つながり」を意味しているだけではありません。賢治はありとあらゆる現象に注目し、「つながり」に次のようなものも含めて考えているのです。

目に見える動物や植物や、肉眼では見わけられないごくごく小さい原子や、はるか遠くにある銀河系のようなあまりに大きすぎるもの、賢治にとっては、そのすべてが共存していたり、つながったりしています。だから、そういったものが賢治の物語の一作品のなかで同時に現れたりするのです。

だからこそ、賢治のものの見方はユニークなのです。賢治の物語は人や動物に関するものだけではありません。実際のところ、それは身近なものはもちろん、遠くにありすぎてふだん気がつかないもの、風や水、空気や光についてのものでもあるのです。こうした元素さえ、賢治の物語では主人公になることができます。逆にいえば、わたしたち人間も、森羅万象のごくちっぽけな一部分にすぎないということです。もちろん、森羅万象には、生物や無生物、いま説明したばかりの元素や、過去、現在、未来といった時間さえも含まれています。

だから、物語であれ詩であれ、賢治の作品は、現在のできごとや、他人の行動、動機だけでなく、自然や宇宙全体がどのように進化し、回っているかに対するわたしたちの好奇心を刺激します。

繰り返しになりますが、人間は宇宙の中心などではなく、そのごくごくささいな一部を占めているだけなのです。わたしたちは、わたしたちを取り巻く自然や宇宙とともに成長し、学びながら、生死を経験しているのではないでしょうか。

先ほど、ぼくは、好奇心のおかげでわたしたちは幸福感や安心感を持てるのだと言いました。この二十一世紀と未来の世紀において、わたしたちは自然を征服しようとするのではなく、自然と宇宙における自分の正しい立ち位置を知るために、好奇心を働かせる必要があります（いずれにしろ、自然の征服など不可能な話で、そんなことをすれば、種としての人間はおそらく絶滅してしまうでしょうが）。

ぼくはこの章で、この目的に直接光を当てている物語や詩から、みなさんに読んでもらいたい作品を選びました。二十一世紀から二十二世紀へと歩を進めるとき、賢治はわたしたちにとってすばらしい水先案内人になってくれるはずです。賢治は、わたしたちの未来への旅のガイド役なのです。

賢治の作品のおかげで、わたしたちは目標への道筋を探しあて、その道を一歩一歩歩み始めることができます。そして、賢治の生きた時代以上に、わたしたちはいま、この賢治のすばらしさを身近に体験するだろうと思います。

「賢治」という星の光がここ地球上に届こうとしているのならば、わたしたちはそのまばゆすぎる光から目をそむけてはいけないのです。

この世界に、価値のない生き物は存在しない——『今日こそわたくしは』

賢治にとって最も大切なのは「信仰」ではなく、「科学」だった

賢治の本職は農学者でしたが、玄人《くろうと》はだしの地質学者や天文学者でもありました。賢治は何かあるものを見れば必ず、それがどうしてそこに生じたのか、それが何でできているのか、それが宇宙でどんな意味や役割を占めているのかを想像しようとしました。土のなかの微粒子、水のなかの分子、切り立った高い崖、はるか遠くの銀河系のガス……。あらゆるものに対して賢治はそうしたのです。

賢治はこれらすべてを混ぜあわせ、宇宙からカオスや流体の肖像を引きだすことがよくあります。だから、賢治の作品では、風が水より高密度だったり、天の川の砂粒が火を宿していたりします。絶滅したクルミの化石が、わたしたちに過去と未来の秘密を告げることもあるのです。賢治の観察の基本中の基本をひと言で説明すると、「科学」になるでしょう。科学こそ、賢治の探求において最も大切なものだったにちがいありません。

ここで、多くの人は「いや、賢治にとって一番大切なのは信仰だった」と反論するかもしれません。でも、賢治にとっては、観察や記録という科学的な「ものの見方」がなければ、信仰も存

在できなかったのではないか。信仰というものは、観察・記録されたままの宇宙を「捉え直した」ものだ、とぼくは思うからです。

「捉え直す、何かの価値や正当性を再確認する」という意味の"reaffirmation《リアファメイション》"という英語があります。

接頭辞のre《リ》は「直す」という意味です。科学者は何かを発見し、その真相を追究し、確認する。それが本当かどうかを知るために、何回も同じ実験をし、再確認する。

世界三大宗教を信じる人からすれば、彼らの信仰の基本原則はこうなるでしょう。

「われ信ず。ゆえに、われ知る」

しかし、賢治が生きていたなら、それとはまったく逆になるでしょう。賢治のモットーはこうなります。

「われ知る。ゆえに、われ信ず」

どんなにささいなものでも、他のすべてと「つながっている」

アレクサンダー・フレミングという人物をご存じのかたもいらっしゃると思います。フレミングはスコットランドの農夫の息子でしたが、のちに生物学者になりました。

さて、フレミングが一九二八年九月三日、夏休みに家族と一緒に出かけた休暇先から実験室に戻ってきたところ、研究用のブドウ球菌の培地《ばいち》の一つがカビに冒《おか》されていました。彼は「これはカビにやられてしまったから、もう実験には使えない」と考え、それを捨ててしまうこともできたでしょう。でも、彼はそうしませんでした。そして、彼はこのカビがブドウ球菌の成長を押しとどめていたことを発見したのです。

ぼくは勤務先の東京工業大学の学生に、科学者にとって最も大切なのは、「これは何だ？」と自問することだ、とよく話します。彼らの多くは科学者のたまごです。わたしたちが人生で最大の発見をするのは、予想もしなかった事態や未知のものに出くわしたときではないでしょうか。

フレミングはカビを見たとき、「これは何だ」と自分に問いかけました。このカビはアオカビでした。彼がカビに冒された培地を捨てず、それを研究し続けた結果、数年後、のちに何千万という命を救った抗生物質、ペニシリンにつながる発明をしたのでした。

賢治もフレミングと同じような精神を持っていたと思います。その精神は好奇心だけにかぎった話ではありません。絶えず問いを立てる頭脳も持っていたにちがいありません。他の人々にとってどれほどささいなことでも、賢治はあらゆる疑問に答えを見出そうとしました。賢治がそうした理由は、どんなに取るに足らないものでも、必ず他のすべてのものとおたがいに「つながっている」と考えていたからです。たとえ湖岸の砂のひと粒であっても、それを構成するものはアンドロメダ銀河と同じなのだということです。

ある生き物の存在を責めることなどできない

これから紹介する『今日こそわたくしは』は、賢治のこの科学者魂《だましい》を最もはっきり示している詩でしょう。『春と修羅　第三集』に収録されたこの詩は、たった一文で構成されているにもかかわらず、しっかりと筋《すじ》が通っています（賢治の詩はすべて「筋が通っている」というわけではありません！）。文末にもきちんと「である」という言葉が使われています。まるで賢治はこのできごとを記録し、またどこかの学会に提出しようとしているかのようです。

この詩は賢治の家に迷いこんできたアブの謎めいた生態について語ったものです。アブはヒトや動物を刺し、病気をうつして回る、いわゆる害虫です。

でも、賢治の世界には、悪い生き物などというものは存在しません。アブに生まれついたからといって、アブを責めることができるでしょうか。アブは生まれつきアブのようにふるまうしかありません。アブが人間か馬か家畜を刺したとしても、自分の宿命を果たしただけなのです。刺して血を吸うことはアブの習性だからです。

賢治が関心を寄せたのは、こうしたアブも含めたあらゆる動物でした。アブが人間にとっては「害虫」だからといってアブを見下すことは、賢治の世界には無縁だったのです。

フレミングが休暇先から実験室に戻ってきたのと同じように、賢治も自宅に戻ります。そうすると、アブが縄とガラスでできたようなもののなかにいます。賢治はアブがどうやってそこに入ってきたのかまったく見当もつきませんでしたが、「今日こそ」はそれを見届けてやろうと決心します。賢治はこれ以前にも同じような状況に出くわし、そのときはこれほど注意をしていなかったか、あるいは、いくら考えてもその真相を突き止めることができなかったのでしょう。

この謎に対する解答は詩のなかにあります。

アブは風に飛ばされ、道に迷ってしまったのでした。アブはここにやって来るつもりなどなかったのです。

さらに、アブの胴体が青く光っています。

賢治の世界では、「青い光」は「あの世」を意味していることがよくあります。その一例を示す、幸せに暮らしている夫婦についての『わたくしどもは』というとても美しい詩があります。この詩では、悲しいことに、たった一年の結婚生活を終え、若い妻が他界してしまうのですが、その死の前兆として賢治はこう書きます。

……その青い夜の風や星、
すだれや魂を送る火や……

厳密に言えば、夜も風も青くはありません。しかし、賢治にとっては、この「青い夜の風」は「魂を送る火」の媒体、つまり、生命の灯を消すものなのです。

そう考えれば、この詩に登場するアブは、来世からの使者だと理解することもできます。

『今日こそわたくしは』に話を戻しましょう。何よりも賢治を悩ませたのは、あのアブは一体どうやって仕切りのなかに入ってきたのか、という事実です。科学者は、ものごとを「ヨクミキキシ」わからなければなりません。「なぜ?」「どうして?」……、そう思う賢治は、今度こそ真実を見届けてやろう、と自分に約束します。

人は生きているかぎり、自己のあらゆる細胞を駆りたてて、宇宙の本質を発見しようと努力しなければいけない、と賢治は考えています。言いかえれば、ものごとはそれにふさわしい名前で正確に呼ばなければならない。どんな自然現象も、きちんと説明し、理解しなければいけない、と。

わたしたちが世界を注意深く観察すれば、目の前に真実への無数のヒントがあることに気づくでしょう。その過程や結果を明らかにし、説明する自然科学は何よりも大切だ、と賢治は考えていたにちがいありません。

この詩こそ、ぼくが「賢治リアリズム」と呼ぶにふさわしい例だといえます。

〔今日こそわたくしは〕

今日こそわたくしは
どんなにしてあの光る青い虻《アブ》どもが
風のなかから迷って来て
縄やガラスのしきりのなかで
留守中飛んだりはねたりするか
すっかり見届けたつもりである

自然は「エロス」に満ちあふれている――『津軽海峡』

賢治は科学用語を駆使して、美を精密に創《つく》ろうとした

おお、賢治は嵐を描くのが大好きなんだ！

空と大気が乱れる嵐は、自然の究極の力を見せてくれます。賢治の最愛の妹トシが死の床に臥《ふ》している『永訣《えいけつ》の朝』という有名な詩のなかにもこんな一節があります。

みぞれはびちよびちよ沈んでくる

……

あんなおそろしいみだれたそらから
このうつくしい雪がきたのだ

この詩をおさめた詩集『春と修羅』のタイトルにある「修羅《しゅら》」とは、無秩序や混沌のことでもあります。ふつう、美や純潔や真実というものは、秩序や調和的な世界からしか生まれてこないように思われるかもしれませんが、無秩序や混沌から、美や純潔や真実が生まれてくることもあるのです。

ここで、ぼくは賢治の作品のなかの「エロス」という問題を取りあげたいと思っています。ほとんどの人は賢治をエロスと結びつけることはないでしょう。彼は禁欲こそが人間の第一の美徳だと信じていたほど敬虔《けいけん》な人物だったのですから。

ところで、エロスと聞いて性的な快楽しか思いつかないとしたら、賢治の世界にエロスは存在しないでしょう。でも、本当にエロティックなものは肉欲のあらゆる側面に存在している、とぼくは思います。そこには、快楽を求める人間の自然的な欲望だけでなく、人間があらゆる人や動物(賢治の場合、さらに自然現象)に対していだく情熱や愛情、心遣《づか》いも含まれています。実際のところ、賢治の作品は、エロスを彷彿《ほうふつ》とさせる比喩にあふれています。

『津軽海峡』はそうしたエロスが出てくる詩の一つです。この詩のエロティシズムは、科学的な比喩や自然の劇的イメージによって、みごとに表現されています。この詩には、「層積雲《そうせきうん》」や「角度」、「錫病《すずびょう》」(白い錫が、低温状態で灰色の粉末に変化する現象)や「砒素鏡《ひそかがみ》」(単体のヒ素でできた、鏡のような銀色の結晶)といった科学の専門用語が、たくさん出てきます。これらの用語を見れば、賢治がイメージを比喩表現に変えるときに、どれだけ慎重だったのかがよく理解できるはずです。

賢治が作るのは、「科学的叙情性」というものです。つまり、自分が想像した美をできるだけ精密に創造することが賢治のねらいなのです。

詩のなかで、水はまるで花嫁であるかのように「衣裳をかへて《替えて》」います。最も大切なのは、津軽半島と下北半島という本州の北の果てにある二つの大きな半島が結婚式を挙げているという比喩です。まるでプリズムを通して見たかのように、この結婚式の衣裳は七色をしています。

一九七一年夏、ぼくは小船で青森市から下北半島の西岸にある仏ヶ浦《ほとけがうら》まで行き、二つの大半島が北に延びているのを見てきました。ありがたいことに、そのときには、詩に出てくるような嵐はありませんでした。嵐があったら、ぼくは骨の髄《ずい》までおびえてしまったことでしょう。

でも、賢治はこの嵐に心から喜んでいます。いや、喜んでいるどころか、賢治は完全に興奮しきっていたようです。

二つの半島が、その間に横たわる水を通じてエロティックな関係にある、と賢治は感じているのでしょう。そして、この詩の最後の三行では、無秩序に入り乱れる運動と色彩を背景にして、蝦夷《えぞ》の大地が突然その姿を現します。科学的なエロスという視点からすれば、この三行はとても演劇的な表現になっていると思います。

実は、『津軽海峡』というタイトルを持つ詩は二つあります。この詩の日付は一九二四年五月十九日となっています。一九二三年八月一日の日付がついている同じタイトルの詩はもっと長ったらしく、まとまりのないものです。ここで紹介する『津軽海峡』の内容のほうがはるかにすぐれているでしょう。

賢治の詩には、長ったらしくまとまりのないものもある、とぼくは思っています。賢治はぶらぶら散歩しながら、思い浮かんだことなら何でも書きとめました。こうしてできた詩を好む人もいますが、ぼくは比較的短くて、きりっとしまったものが好きです。そうした詩は劇的な効果に磨きがかかっているからです。

『一本木野《いっぽんぎの》』という詩もあります。半日ほど林のなかで散歩している賢治はこう書きます。

はやしのくらいとこをあるいてゐ《い》ると
三日月《みかづき》がたのくちびるのあとで
肱《ひじ》やずぼんがいっぱいになる

賢治にとって、自然は唯一の恋人でした。賢治は、骨の髄まで木や石や水を愛していました。わたしたちがそこまで極端になることは無理かもしれません。しかし、自然に対する賢治的恋愛をほんの少しでも抱ければ、やさしくて慈愛に満ちたまなざしを、自然環境やこの世界に対してもっと向けることができるでしょう。

津軽海峡

南には黒い層積雲《そうせきうん》の棚ができて
二つの古びた緑青《ろくしょう》いろの半島が
こもごもひるの疲れを払ふ《う》
……しばしば海霧《うみぎり》を析出《せきしゅつ》する
二つの潮の交会点《きょうかいてん》……
波は潜《ひそ》まりやきらびやかな点々や
反覆される異種の角度の正反射
あるいは葱緑《きみどり》と銀との縞を織《お》り
また錫病《すずびょう》と伯林青《プルシャンブルウ》(=紺青色《こんじょう》)
水がその七いろの衣裳をかへて《替えて》
朋《とも》に誇ってゐ《い》るときに
……喧《かしま》びやしく澄明《ちょうめい》な

東方風の結婚式……
船はけむりを南にながし
水脈は凄美《せいび》な砒素《ひそ》鏡《かがみ》になる
早くも北の陽ざしの中に
蝦夷《えぞ》の陸地の起伏をふくみ
また雨雲の渦巻く黒い尾をのぞむ

動物にも尊厳がある──『フランドン農学校の豚』

人間の残虐さを暴《あば》いた傑作

『フランドン農学校の豚』は賢治の傑作の一つです。これは『注文の多い料理店』や『セロ弾きのゴーシュ』に匹敵するだけでなく、世界文学全体を眺めてみても、なかなかお目にかかれない傑作でしょう。世界中の子ども(と大人)がこの物語を読んでくれるようになれば、とぼくはいつも思っています。実際、ぼくは『フランドン農学校の豚』を英語に翻訳し、ぼくの家族がやっている電子書籍の出版社「Phasminda《ファスミンダ》 Publishing《パブリッシング》」(「ナナフシ出版」)から本を出しました。いつかそのうち、この物語は必ず世界文学の古典の仲間入りをするはずです。

では、この物語が古典だといえる理由はどこにあるのか?

二十一歳のとき、賢治は肉を食べるのを止めました。でも、ときどき誓いを破って、大好物のウナギや、鶏肉《とり》の入った「かしわ南蛮《なんばん》」というそばを食べていたようです。「猿《さる》も木から落ちる」ということわざがあるように、ぼくとぼくの妻と同じ中年だった賢治も、木から落ちることがあったようですね。

賢治は何篇かの物語で、殺生《せっしょう》がいかに畏《おそ》れ多いことかを語っています。そのなかでも特に有名なのが『なめとこ山の熊』と『注文の多い料理店』でしょう。でも、賢治はこう悟っていました。

日本人のみんな、いや世界中の人々が肉を食うこと、ましてや魚を食うことをやめられるわけがない、と。

ここで、『よだかの星』をひもといてみましょう。この作品で賢治が言おうとしているのは、出来心からみだりに殺生をしてはいけないということです。でも、人間が生きるためにぎりぎり必要な栄養補給として、多少の殺生は許されるでしょう。もし二十一世紀に、人工的に肉を製造する技術が発明されたら、銀河の彼方でそよいでいるすすきの陰で、賢治はきっとシヅカニワラッテヰル《いる》（「雨ニモマケズ」）にちがいないでしょう。

『フランドン農学校の豚』は、むごたらしいまでに動物の命と尊厳を冒《おか》す人間の話です。もっと正確にいうと、人間の残虐性についての話です。動物を太らせたあとで食用に殺してしまう人間の、なんと残虐なことか……。

動物にも「幸せに生きる権利」がある

ところで、英語の「ヒューマン・ライツ（human rights）」、日本語の「人権」という言葉は、十八世紀の終わりから十九世紀の初めにかけて欧米でさかんに使用されました。そして、この人権が奴隷制廃止の土台になりました。アメリカのアブラハム・リンカーン大統領は独立宣言を引用し、こう言いました。「すべての人間は平等につくられている」。さらにこの原則は、のちの労働運動や女性解放運動、子どもの権利条約の土台にもなったのです。

権利をめぐる争いはいまだに世界中で起こっています。でも、先進国の人は動物の権利に注目しつつあります。人間と同じように痛みを感じる動物もいるからです。人間の一夫一婦制のように、一生を通じて同じ相手としか番《つが》わない動物もいます。天敵から子どもを守る動物もいます。悲しみを感じる動物もいます。犬や猫を飼ったことのある人ならご存じでしょうが、ペットは飼い主の家庭の雰囲気を正確にかぎ分けます。そして、ペットに対する人間の愛情も限りないものです。ぼくの友人の女優は愛犬が死んだとき、ぼくにこう言いました。「わたしは、母が亡くなったときより号泣したわ」。

賢治は、動物にも動物としての尊厳と幸せに暮らす権利があることに気づき、それを作品で示した日本で初めての現代作家でしょう。最近英語圏では、「アニマル・ウェルフェア(animal welfare)」という言葉をよく使います。これを直訳すると「動物福祉」という日本語になりますが、この表現はまだ日本人にはあまりなじみがないのではないかと思います。

だからといって、ぼくは、日本人は欧米人や世界各国の人より動物を愛していないとか、動物に対して乱暴だと言おうとしているわけではありません。

それとは逆に、肉食が中心の国々では、昔から、人間の食べ物のために家畜を飼ってきました。しかも、いまや巨大になった食品会社は、より広大な土地で牛や豚や鶏を大量に飼育し、まるで『フランドン農学校の豚』の豚のように、毎日大量に動物を殺しています。

一方、明治以前、肉食の習慣がほとんどなかった日本人は、欧米のように食肉のために家畜を飼うことはありませんでした。必要なとき以外は、動物を殺さずに生活していたのです。仮に食べ物として動物を殺した場合でも、日本人は食べる前に手を合わせて「いただきます」と言います。そして、動物の尊い命のおかげで自分たちが生かされていることへの感謝と謝罪の気持ちから、その霊を祭ることもふつうでした。欧米人には、そういった動物に対する敬意の気持ちはまずありません。

でも、明治以来、特に戦後の日本では、欧米のような肉食も日本人の一般的な食習慣になりました。一九七一年七月二十日、マクドナルドの第一号店が、銀座三越の一階にオープンしたとき、ぼくも駆けつけて、ハンバーガーを買ってもくもく食べたものです。そうした食習慣の急激な変化によって、日本でも家畜の大量飼育が当たり前になりました。

つまり、もはや現代の日本でも、特に日本の若い人たちには、以前あった動物の尊厳に対する意識が失われつつあるのではないかと思います。

でも、今世紀中に世界中の人々は、動物に「生存権」や「自由権」、「幸福追求権」を認め始め、人間に対してだけでなく、動物の尊厳も認めなければならないと考えるようになる、とぼくは感じています。いや、今世紀中に、動物福祉の保障がきっと一般常識として認められるようになるだろう、とぼくは思います。

鶏舎の広さはどれくらいなのか？　豚は広いところで自由に動きまわり、「豚らしく」生きているのか？　乳牛は幸せに暮らしているのか？

彼らがどこで育てられたのか、賞味期限はいつかなどがいま明示されているように、いつかはきっと、家畜が育てられている環境すらきちんと記されたラベルが、世界中のスーパーの商品パッケージに貼られるにちがいない、とぼくは真剣に思っています。

十八世紀から二十世紀にかけて、世界中の人々が人権を意識するようになりました。しかし、二十一世紀には、動物の尊厳や権利も意識するようになるでしょう。わたしたちは、そんな動物への温かい心遣いができるようになって初めて、人に対しても本当の心遣いができるのではないかと思います。

この物語で、賢治はいっさい遠慮せず、歯に衣着せずに、人間の残虐さと豚の悲しみ、苦しみを描いています。農学校の生徒は愚かで野暮ったく、目の前で動いている豚を単なる商品として捉えるだけです。彼らからすれば、豚は食料や金になるからこそ、人間にとって価値あるものだということになるのでしょう。また、農学校の校長も強制収容所の所長のように、やっきになって豚に犠牲を押しつけます。

自分たち人間のためには家畜を飼い、殺して食べるのは当たり前と思っている欧米人ですが、最近、英語圏では、ＴＬＣというイニシャルでの言葉がよく使われるようになりました。ＴＬＣとは「やさしくて思いやりのある世話、扱い(tender《テンダー》 loving《ラヴィング》 care《ケア》)」を省略したものです。

人間は、本来すべての生き物に尊厳があるということを自覚し、彼らに対してこういったやさしさと思いやりを込めた扱いをするべきです。これこそが、およそ百年前に賢治がわたしたちに教えようとしたことです。

賢治は人生を農民にささげた科学者です。彼がまず行なったのは、干魃《かんばつ》や飢饉《ききん》に苦しんでいた岩手の人々に食べ物を与えることでした。賢治の作品における農業の描写は、農学者だった賢治の生きた時代を正確に表しています。しかしそれと同じように、この物語の主人公であるフランドン農学校の豚に対する賢治の見方は、現代に生きるわたしたちにも通じるものがあると思います。

賢治は二十一世紀に生きるわたしたちにメッセージを残しています。それは、動物にも人間が冒してはいけない尊厳がある、という真実です。

フランドン農学校の豚

ある夕方などは、殊《こと》に豚は自分の幸福を、感じて、天上に向いて感謝していた。というわけはその晩方、化学を習った一年生の、生徒が、自分の前に来ていかにも不思議そうにして、豚のからだを眺《なが》めて居《い》た。豚の方でも時々は、あの小さなそら豆形《まめがた》の怒《おこ》ったような眼《め》をあげて、そちらをちらちら見ていたのだ。その生徒が云《い》った。

「ずいぶん豚というものは、奇体《きたい》な(=不思議な)ことになっている。水やスリッパや藁《わら》をたべて、それをいちばん上等な、脂肪や肉にこしらえる。豚のからだはまあたとえば生きた一つの触媒《しょくばい》だ。白金《はっきん》と同じことなのだ。無機体では白金だし有機体では豚なのだ。考えれば考える位《くらい》、これは変になることだ。」

豚はもちろん自分の名が、白金と並べられたのを聞いた。それから豚は、白金が、一匁《もんめ》(=三・七五グラム)三十円することを、よく知っていたものだから、自分のからだが二十貫《かん》(=七十五キログラム)で、いくらになるということも勘定《かんじょう》がすぐ出来たのだ。豚はぴたっと耳を伏《ふ》せ、眼を半分だけ閉じて、前肢《まえあし》をきくっと曲げながらその勘定をやったのだ。

20×1000×30＝600000 実に六十万円だ。六十万円といったならそのころのフランドンあたりでは、まあ第一流の紳士《しんし》なのだ。いまだってそうかも知れない。さあ第一流の紳士だもの、豚がすっかり幸福を感じ、あの頭のかげの方の鮫《さめ》によく似た大きな口を、にやにや曲げてよろこんだのも、けして無理とは云われない。

ところが豚の幸福も、あまり永くは続かなかった。

それから二三日たって、そのフランドンの豚は、どさりと上から落ちて来た一かたまりのたべ物から、(大学生諸君、意志を鞏固《きょうこ》にもち給《たま》え。いいかな。)たべ物の中から、一寸《ちょっと》細長い白いもので、さきにみじかい毛を植えた、ごく卒直《そっちょく》に云うならば、ラクダ印の歯磨楊子《はみがきようじ》、それを見たのだ。どうもいやな説教で、折角《せっかく》洗礼を受けた、大学生諸君にすまないが少しこらえてくれ給え。

豚は実にぎょっとした。一体、その楊子の毛をみると、自分のからだ中の毛が、風に吹《ふ》かれた草のよう、ザラッザラッと鳴ったのだ。豚は実に永い間、変な顔して、眺めていたが、とうとう頭がくらくらして、いやないやな気分になった。いきなり向うの敷藁《しきわら》に頭を埋《う》めてくるっと寝《ね》てしまったのだ。

晩方になり少し気分がよくなって、豚はしずかに起きあがる。気分がいいと云ったって、結局豚の気分だから、苹果《りんご》のようにさくさくし、青ぞらのように光るわけではもちろんない。これ灰色の気分である。灰色にしてややつめたく、透明《とうめい》なるところの気分である。さればまことに豚の心もちをわかるには、豚になって見るより致《いた》し方ない。

外来ヨークシャイヤ(＝ヨークシャー種)でも又黒いバアクシャイヤ(＝バークシャー種)でも豚は決して自分が魯鈍《ろどん》(＝愚《おろ》か)だとか、怠惰《たいだ》だとかは考えない。最も想像に困難なのは、豚が自分の平らなせなかを、棒でどしゃっとやられたとき何と感ずるかということだ。さあ、日本語だろうか伊太利亜《イタリア》語だろうか独乙《ドイツ》語だろうか英語だろうか。さあどう表現したらいいか。さりながら、結局は、叫び声以外わからない。カント博士と同様に全く不可知なのである。

さて豚はずんずん肥《ふと》り、なんべんも寝たり起きたりした。フランドン農学校の畜産学の先生は、毎日来ては鋭《するど》い眼で、じっとその生体量を、計算しては帰って行った。「も少しきちんと窓をしめて、室中《へやじゅう》暗くしなくては、脂《あぶら》がうまくかからんじゃないか。それにもうそろそろと肥育をやってもよかろうな、毎日阿麻仁《あまに》(＝アマという植物の種子)を少しずつやって置いて呉《く》れないか。」教師は若い水色の、上着の助手に斯《こ》う云った。豚はこれをすっかり聴《き》いた。そして又大へんいやになった。楊子のときと同じだ。折角のその阿麻仁も、どうもうまく咽喉《のど》を通らなかった。これらはみんな畜産の、その教師の語気について、豚が直覚した(＝直観的にわかった)のである。(とにかくあいつら二人は、おれにたべものはよこすが、時々まるで北極の、空のような眼をして、おれのからだをじっと見る、実に何ともたまらない、とりつきばもないようなきびしいこころで、おれのことを考えている、そのことは恐《こわ》い、ああ、恐い。）豚は心に思いながら、もうたまらなくなり前の柵《さく》を、むちゃくちゃに鼻で突《つ》っ突いた。

ところが、丁度その豚の、殺される前の月になって、一つの布告がその国の、王から発令されていた。

それは家畜撲殺《ぼくさつ》同意調印法といい、誰《たれ》でも、家畜を殺そうというものは、その家畜から死亡承諾書《しょうだくしょ》を受け取ること、又その承諾証書には家畜の調印を要すると、こう云う布告だったのだ。

さあそこでその頃《ころ》は、牛でも馬でも、もうみんな、殺される前の日には、主人から無理に強《し》いられて、証文にペタリと印を押《お》したもんだ。ごくとしよりの馬などは、わざわざ蹄鉄《ていてつ》をはずされて、ぼろぼろなみだをこぼしながら、その大きな判をぱたっと証書に押したのだ。

フランドンのヨークシャイヤも又活版刷りに出来ているその死亡証書を見た。見たというのは、或《あ》る日のこと、フランドン農学校の校長が、大きな黄色の紙を持ち、豚のところにやって来た。豚は語学も余程《よほど》進んでいたのだし、又実際豚の舌は柔《やわ》らかで素質も充分あったのでごく流暢《りゅうちょう》な人間語で、しずかに校長に挨拶《あいさつ》した。

「校長さん、いいお天気でございます。」

校長はその黄色な証書をだまって小わきにはさんだまま、ポケットに手を入れて、にがわらいして斯《こ》う云った。

「うんまあ、天気はいいね。」

豚は何だか、この語《ことば》が、耳にはいって、それから咽喉《のど》につかえたのだ。おまけに校長がじろじろと豚のからだを見ることは全くあの畜産の、教師とおんなじことなのだ。

豚はかなしく耳を伏せた。そしてこわごわ斯《こ》う云った。

「私はどうも、このごろは、気がふさいで仕方ありません。」

校長は又にがわらいを、しながら豚に斯う云った。

「ふん。気がふさぐ。そうかい。もう世の中がいやになったかい。そういうわけでもないのかい。」豚があんまり陰気《いんき》な顔をしたものだから校長は急いで取り消しました。

それから農学校長と、豚とはしばらくしいんとしてにらみ合ったまま立っていた。ただ一言も云わないでじいっと立って居《お》ったのだ。そのうちにとうとう校長は今日は証書はあきらめて、

「とにかくよくやすんでおいで。あんまり動きまわらんでね。」例の黄いろな大きな証書を小わきにかいこんだまま、向うの方へ行ってしまう。

豚はそのあとで、何べんも、校長の今の苦笑やいかにも底意《そこい》のある(=心の奥にある)語《ことば》を、繰り返し繰り返しして見て、身ぶるいしながらひとりごとした。

『とにかくよくやすんでおいで。あんまり動きまわらんでね。』一体これはどう云う事か。

ああつらいつらい。豚は斯う考えて、まるであの梯形《ていけい》(=台形)の、頭も割れるように思った。おまけにその晩は強いふぶきで、外では風がすさまじく、乾《かわ》いたカサカサした雪のかけらが、小屋のすきまから吹きこんで豚のたべものの余りも、雪でまっ白になったのだ。

ところが次の日のこと、畜産学の教師が又やって来て例の、水色の上着を着た、顔の赤い助手といつものするどい眼付して、じっと豚の頭から、耳から背中から尻尾《しっぽ》まで、まるでまるで食い込むように眺めてから、尖《とが》った指を一本立てて、

「毎日阿麻仁《あまに》をやってあるかね。」

「やってあります。」

「そうだろう。もう明日だって明後日《あさって》だって、いいんだから。早く承諾書をとれぁいいんだ。どうしたんだろう、昨日校長は、たしかに証書をわきに挟んでこっちの方へ来たんだが。」

「はい、お入りのようでした。」

「それではもうできてるかしら。出来ればすぐよこす筈《はず》だがね。」

「はあ。」

「も少し室《へや》をくらくして、置いたらどうだろうか。それからやる前の日には、なんにも飼料《しりょう》をやらんでくれ。」

「はあ、きっとそう致します。」

畜産の教師は鋭い目で、もう一遍《いっぺん》じいっと豚を見てから、それから室を出て行った。

そのあとの豚の煩悶《はんもん》さ、（承諾書というのは、何の承諾書だろう何を一体しろと云うのだ、やる前の日には、なんにも飼料をやっちゃいけない、やる前の日って何だろう。一体何をされるんだろう。どこか遠くへ売られるのか。ああこれはつらいつらい。）豚の頭の割れそうな、ことはこの日も同じだ。その晩豚はあんまりに神経が興奮し過ぎてよく睡《ねむ》ることができなかった。ところが次の朝になって、やっと太陽が登った頃、寄宿舎の生徒が三人、げたげた笑って小屋へ来た。そして一晩睡らないで、頭のしんしん痛む豚に、又もや厭《いや》な会話を聞かせたのだ。

「いつだろうなあ、早く見たいなあ。」

「僕《ぼく》は見たくないよ。」

「早いといいなあ、囲って置いた葱《ねぎ》だって、あんまり永いと凍《こお》っちまう。」

「馬鈴薯《ばれいしょ》（＝じゃがいも）もしまってあるだろう。」

「しまってあるよ。三斗《と》（＝約五十四リットル）しまってある。とても僕たちだけで食べられるもんか。」

「今朝はずいぶん冷たいねえ。」一人が白い息を手に吹きかけながら斯《こ》う云いました。

「豚のやつは暖かそうだ。」一人が斯う答えたら三人共どっとふき出しました。

「豚のやつは脂肪でできた、厚さ一寸（＝約三センチ）の外套《がいとう》を着てるんだもの、暖かいさ。」

「暖かそうだよ。どうだ。湯気さえほやほやと立っているよ。」

豚はあんまり悲しくて、辛《つら》くてよろよろしてしまう。

「早くやっちまえばいいな。」

三人はつぶやきながら小屋を出た。そのあとの豚の苦しさ、（見たい、見たくない、早いといい、葱が凍る、馬鈴薯三斗、食いきれない。厚さ一寸の脂肪の外套、おお恐い、ひとのからだをまるで観透《みとお》してるおお恐い。恐い。けれども一体おれと葱と、何の関係があるだろう。ああつらいなあ。）その煩悶の最中に校長が又やって来た。入口でばたばた雪を落して、それから例のあいまいな苦笑をしながら前に立つ。

「どうだい。今日は気分がいいかい。」

「はい、ありがとうございます。」

「いいのかい。大へん結構だ。たべ物は美味《おい》しいかい。」

「ありがとうございます。大へんに結構でございます。」

「そうかい。それはいいね、ところで実は今日はお前と、内内相談に来たのだがね、どうだ頭ははっきりかい。」

「はあ。」豚は声がかすれてしまう。

「実はね、この世界に生きてるものは、みんな死ななけぁいかんのだ。実際もうどんなもんでも死ぬんだよ。人間の中の貴族でも、金持でも、又私のような、中産階級でも、それからごくつまらない乞食《こじき》でもね。」

「はあ、」豚は声が咽喉につまって、はっきり返事ができなかった。

「また人間でない動物でもね、たとえば馬でも、牛でも、鶏《にわとり》でも、なまずでも、バクテリヤでも、みんな死なななけぁいかんのだ。蜉蝣《かげろう》のごときはあしたに生れ、夕《ゆうべ》に死する、ただ一日の命なのだ。みんな死ななけぁならないのだ。だからお前も私もいつか、きっと死ぬのにきまってる。」

「はあ。」豚は声がかすれて、返事もなにもできなかった。

「そこで実は相談だがね、私たちの学校では、お前を今日まで養って来た。大したこともなかったが、学校としては出来るだけ、ずいぶん大事にしたはずだ。お前たちの仲間もあちこちに、ずいぶんあるし又私も、まあよく知っているのだが、でそう云っちゃ可笑《おか》しいが、まあ私の処《ところ》ぐらい、待遇《たいぐう》のよい処はない。」

「はあ。」豚は返事しようと思ったが、その前にたべたものが、みんな咽喉へつかえてどうしても声が出て来なかった。

「でね、実は相談だがね、お前がもしも少しでも、そんなようなことが、ありがたいと云う気がしたら、ほんの小さなたのみだが承知をしては貰《もら》えまいか。」

「はあ。」豚は声がかすれて、返事がどうしてもできなかった。

「それはほんの小さなことだ。ここに斯《こ》う云う紙がある、この紙に斯う書いてある。

　死亡承諾書、

　私儀《わたくしぎ》永々《えいえい》御恩顧《ごおんこ》の次第《しだい》に有之候《これありそうろう》儘《まま》御《ご》都合《つごう》により、何時《いつ》にても死亡仕《つかまつ》るべく候

　年月日フランドン畜舎内、ヨークシャイヤ、フランドン農学校長殿《どの》

とこれだけのことだがね、」校長はもう云い出したので、一瀉千里《いっしゃせんり》に（＝一気に）まくしかけた。

「つまりお前はどうせ死ななけぁいかないからその死ぬときはもう潔《いさぎよ》く、いつでも死にますと斯う云うことで、一向何でもないことさ。死ななくてもいいうちは、一向死ぬことも要《い》らないよ。ここの処へただちょっとお前の前肢《まえあし》の爪印《つめいん》を、一つ押しておいて貰いたい。それだけのことだ。」

　豚は眉《まゆ》を寄せて、つきつけられた証書を、じっとしばらく眺《なが》めていた。校長の云う通りなら、何でもないがつくづくと証書の文句を読んで見ると、まったく大へんに恐《こわ》かった。とうとう豚はこらえかねてまるで泣声でこう云った。

「何時にてもということは、今日でもということですか。」

　校長はぎくっとしたが気をとりなおしてこう云った。

「まあそうだ。けれども今日だなんて、そんなことは決してないよ。」

「でも明日でもというんでしょう。」

「さあ、明日なんていうよう、そんな急でもないだろう。いつでも、いつかというような、ごくあいまいなことなんだ。」

「死亡をするということは私が一人で死ぬのですか。」豚は又金切声《また》で斯うきいた。

「うん、すっかりそうでもないな。」

「いやです、いやです、そんならいやです。どうしてもいやです。」豚は泣いて叫《さけ》んだ。

「いやかい。それでは仕方ない。お前もあんまり恩知らずだ。犬猫《ねこ》にさえ劣《おと》ったやつだ。」校長はぷんぷん怒り、顔をまっ赤にしてしまい証書をポケットに手早くしまい、大股《おおまた》に小屋を出て行った。

「どうせ犬猫なんかには、はじめから劣っていますよう。わあ」豚はあんまり口惜《くや》しさや、悲しさが一時にこみあげて、もうあらんかぎり泣きだした。けれども半日ほど泣いたら、二晩も眠らなかった疲《つか》れが、一ぺんにどっと出て来たのでつい泣きながら寝込《ねこ》んでしまう。その睡《ねむ》りの中でも豚は、何べんも何べんもおびえ、手足をぶるっと動かした。

ところがその次の日のことだ。あの畜産の担任が、助手を連れて又やって来た。そして例のたまらない、目付きで豚をながめてから、大へん機嫌《きげん》の悪い顔で助手に向ってこう云った。

「どうしたんだい。すてきに肉が落ちたじゃないか。これじゃまるきり話にならん。

百姓《ひゃくしょう》のうちで飼《か》ったってこれ位にはできるんだ。一体どうしたてんだろう。心当りがつかないかい。頬肉《ほおにく》なんかあんまり減った。おまけにショウルダア(＝ショルダー。肩肉)だって、こんなに薄《うす》くちゃなってない。品評会へも出せぁしない。一体どうしたてんだろう。」

助手は唇《くちびる》へ指をあて、しばらくじっと考えて、それからぼんやり返事した。

「さあ、昨日の午后《ごご》に校長が、おいでになっただけでした。それだけだったと思います。」

畜産の教師は飛び上る。

「校長？　そうかい。校長だ。きっと承諾書を取ろうとして、すてきなぶま(＝まぬけなこと)をやったんだ。おじけさせちゃったんだな。それでこいつはぐるぐるして昨夜一晩寝ないんだな。まずいことになったなあ。おまけにきっと承諾書も、取り損《そこ》ねたにちがいない。まずいことになったなあ。」

教師は実に口惜しそうに、しばらくキリキリ歯を鳴らし腕《うで》を組んでから又云った。

「えい、仕方ない。窓をすっかり明けて呉《く》れ。それから外へ連れ出して、少し運動させるんだ。む茶くちゃにたたいたり走らしたりしちゃいけないぞ。日の照らない処を、厩舎《きゅうしゃ》の陰《かげ》のあたりの、雪のない草はらを、そろそろ連れて歩いて呉れ。一回十五分位、それから飼料をやらないで少し腹を空《す》かせてやれ。すっかり気分が直ったらキャベジ(＝キャベツ)のいい処を少しやれ。それからだんだん直ったら今まで通りにすればいい。まるで一ヶ月の肥育を、一晩で台なしにしちまった。いいかい。」

「承知いたしました。」

教師は教員室へ帰り豚はもうすっかり気落ちして、ぼんやりと向うの壁《かべ》を見る、動きも叫びもしたくない。ところへ助手が細い鞭《むち》を持って笑って入って来た。助手は囲いの出口をあけごく叮寧《ていねい》に云ったのだ。

「少しご散歩はいかがです。今日は大へんよく晴れて、風もしずかでございます。それではお供いたしましょう、」ピシッと鞭がせなかに来る、全くこいつはたまらない、ヨークシャイヤは仕方なくのそのそ畜舎を出たけれど胸は悲しさでいっぱいで、歩けば裂《さ》けるようだった。助手はのんきにうしろから、チッペラリー(=昔、イギリスで流行した歌の名)の口笛《くちぶえ》を吹《ふ》いてゆっくりやって来る。鞭もぶらぶらふっている。

全体何がチッペラリーだ。こんなにわたしはかなしいのにと豚は度々《たびたび》口をまげる。時々は
「ええもう少し左の方を、お歩きなさいましては、いかがでございますか。」なんて、口ばかりうまいことを云いながら、ピシッと鞭を呉れたのだ。(この世はほんとうにつらいつらい、本当に苦の世界なのだ。)こてっとぶたれて散歩しながら豚はつくづく考えた。

「さあいかがです、そろそろお休みなさいませ。」助手は又一つピシッとやる。ウルト

ラ大学生諸君、こんな散歩が何で面白《おもしろ》いだろう。からだの為《ため》も何もあったもんじゃない。

豚は仕方なく又畜舎に戻《もど》りごろっと藁《わら》に横になる。キャベジの青いいい所を助手はわずか持って来た。豚は喰《た》べたくなかったが助手が向うに直立して何とも云えない恐い眼で上からじっと待っている、ほんとうにもう仕方なく、少しそれを噛《か》じるふりをしたら助手はやっと安心して一つ「ふん。」と笑ってからチッペラリーの口笛を又吹きながら出て行った。いつか窓がすっかり明け放してあったので豚は寒くて耐《たま》らなかった。

こんな工合《ぐあい》にヨークシャイヤは一日思いに沈《しず》みながら三日を夢《ゆめ》のように送る。

四日目に又畜産の、教師が助手とやって来た。ちらっと豚を一眼見て、手を振《ふ》りながら助手に云う。

「いけないいけない。君はなぜ、僕の云った通りしなかった。」

「いいえ、窓もすっかり明けましたし、キャベジのいいのもやりました。運動も毎日叮寧に、十五分ずつやらしています。」

「そうかね、そんなにまでもしてやって、やっぱりうまくいかないかね、じゃもうこいつは瘠《や》せる一方なんだ。神経性営養（＝栄養）不良なんだ。わきからどうも出来やしない。あんまり骨と皮だけに、ならないうちにきめなくちゃ、どこまで行くかわからない。おい。窓をみなしめて呉れ。そして肥育器を使うとしよう、飼料をどしどし押し込んで呉れ。麦のふすま（＝糠《ぬか》）を二升とね、阿麻仁《あまに》を二合、それから玉蜀黍《とうもろこし》の粉を、五合を水でこねて、団子にこさえて一日に、二度か三度ぐらいに分けて、肥育器にかけて呉れ給《たま》え。肥育器はあったろう。」

「はい、ございます。」

「こいつは縛《しば》って置き給え。いや縛る前に早く承諾書をとらなくちゃ。校長もさっぱり拙《まず》いなぁ。」

畜産の教師は大急ぎで、教舎の方へ走って行き、助手もあとから出て行った。

間もなく農学校長が、大へんあわててやって来た。豚は身体《からだ》の置き場もなく鼻で敷藁を掘《ほ》ったのだ。

「おおい、いよいよ急がなきゃならないよ。先頃《せんころ》の死亡承諾書ね、あいつへ今日はどうしても、爪判を押して貰いたい。別に大した事じゃない。押して呉れ。」

「いやですいやです。」豚は泣く。

「厭《いや》だ？　おい。あんまり勝手を云うんじゃない、その身体《からだ》は全体みんな、学校のお陰で出来たんだ。これからだって毎日麦のふすま二升阿麻仁二合と玉蜀黍の、粉五合ずつやるんだぞ、さあいい加減に判をつけ、さあつかないか。」

なるほど斯《こ》う怒《おこ》り出して見ると、校長なんというものは、実際恐いものなんだ。豚はすっかりおびえて了《しま》い、

「つきます。つきます。」と、かすれた声で云ったのだ。

「よろしい、では。」と校長は、やっとのことに機嫌《きげん》を直し、手早くあの死亡承諾書の、黄いろな紙をとり出して、豚の眼の前にひろげたのだ。

「どこへつけばいいんですか。」豚は泣きながら尋《たず》ねた。

「ここへ。おまえの名前の下へ。」校長はじっと眼鏡《めがね》越しに、豚の小さな眼を見て云った。豚は口をびくびく横に曲げ、短い前の右肢《みぎあし》を、きくっと挙げてそれからピタリと印をおす。

「うはん。よろしい。これでいい。」校長は紙を引っぱって、よくその判を調べてから、機嫌を直してこう云った。戸口で待っていたらしくあの意地わるい畜産の教師がいきなりやって来た。

「いかがです。うまく行きましたか。」

「うん。まあできた。ではこれは、あなたにあげて置きますから。ええ、肥育は何日ぐらいかね、」

「さあいずれ模様を見まして、鶏やあひるなどですと、きっと間違いなく肥《ふと》りますが、斯う云う神経過敏《かびん》な豚は、或《あるい》は強制肥育では甘《うま》く行かないかも知れません。」

「そうか。なるほど。とにかくしっかりやり給え。」

　そして校長は帰って行った。今度は助手が変てこな、ねじのついたズックの管と、何かのバケツを持って来た。畜産の教師は云いながら、そのバケツの中のものを、一寸《ちょっと》つまんで調べて見た。

「そいじゃ豚を縛って呉れ。」助手はマニラロープを持って、囲いの中に飛び込んだ。豚はばたばた暴れたがとうとう囲いの隅《すみ》にある、二つの鉄の環《わ》に右側の、足を二本共縛られた。

「よろしい、それではこの端《はし》を、咽喉《のど》へ入れてやって呉れ。」畜産の教師は云いながら、ズックの管を助手に渡す。

「さあ口をお開きなさい。さあ口を。」助手はしずかに云ったのだが、豚は堅《かた》く歯を食いしばり、どうしても口をあかなかった。

「仕方ない。こいつを噛《か》ましてやって呉れ。」短い鋼《はがね》の管を出す。

助手はぎしぎしその管を豚の歯の間にねじ込《こ》んだ。豚はもうあらんかぎり、怒鳴《どな》ったり泣いたりしたが、とうとう管をはめられて、咽喉の底だけで泣いていた。助手はその鋼の管の間から、ズックの管を豚の咽喉まで押し込んだ。

「それでよろしい。ではやろう。」教師はバケツの中のものを、ズック管の端の漏斗《じょうご》に移して、それから変な螺旋《らせん》を使い食物を豚の胃に送る。豚はいくら呑《の》むまいとしても、どうしても咽喉で負けてしまい、その練ったものが胃の中に、入ってだんだん腹が重くなる。これが強制肥育だった。

豚の気持ちの悪いこと、まるで夢中《むちゅう》で一日泣いた。

次の日教師が又来て見た。

「うまい、肥《ふと》った。効果がある。これから毎日小使と、二人で二度ずつやって呉れ。」

こんな工合でそれから七日というものは、豚はまるきり外で日が照っているやら、風が吹いてるやら見当もつかず、ただ胃が無暗《むやみ》に重苦しくそれからいやに頬《ほお》や肩《かた》が、ふくらんで来ておしまいは息をするのもつらいくらい、生徒も代る代る来て、何かいろいろ云っていた。

あるときは生徒が十人ほどやって来てがやがや斯《こ》う云った。

「ずいぶん大きくなったなあ、何貫《かん》ぐらいあるだろう。」

「さあ先生なら一目見て、何百目《め》(＝一目は三・七五グラム)まで云うんだが、おれたちじゃちょっとわからない。」

「比重がわからないからなあ。」

「比重はわかるさ比重なら、大抵《たいてい》水と同じだろう。」

「どうしてそれがわかるんだい。」

「だって大抵そうだろう。もしもこいつを水に入れたら、きっと沈《しず》みも浮《うか》びもしない。」

「いいやたしかに沈まない、きっと浮ぶにきまってる。」

「それは脂肪《しぼう》のためだろう、けれど豚にも骨はある。それから肉もあるんだから、たぶん比重は一ぐらいだ。」

「比重をそんなら一として、こいつは何斗あるだろう。」

「五斗五升(=約九十九リットル)はあるだろう。」

「いいや五斗五升などじゃない。少く見ても八斗(=約一四四リットル)ある。」

「八斗なんかじゃきかないよ。たしかに九斗(=約一六二リットル)はあるだろう。」

「まあ、七斗(=約一二六リットル)としよう。七斗なら水一斗(=約一八リットル)が五貫(=約一九キログラム)だから、こいつは丁度三十五貫(=約一三一キログラム)。」

「三十五貫はあるな。」

こんなはなしを聞きながら、どんなに豚は泣いたろう。なんでもこれはあんまりひどい。ひとのからだを枡《ます》ではかる。七斗だの八斗だのという。

そうして丁度七日目に又あの教師が助手と二人、並《なら》んで豚の前に立つ。

「もういいようだ。丁度いい。この位まで肥ったらまあ極度だろう。この辺だ。あんまり肥育をやり過ぎて、一度病気にかかってもまたあとまわりになるだけだ。丁度あしたがいいだろう。今日はもう飼《えさ》をやらんでくれ。それから小使と二人してからだをすっかり洗って呉れ。敷藁《しきわら》も新らしくしてね。いいか。」

「承知いたしました。」

豚はこれらの問答を、もう全身の勢力で耳をすまして聴《き》いて居た。(いよいよ明日だ、それがあの、証書の死亡ということか。いよいよ明日だ、明日なんだ。一体どんな事だろう、つらいつらい。)あんまり豚はつらいので、頭をゴツゴツ板へぶっつけた。

そのひるすぎに又助手が、小使と二人やって来た。そしてあの二つの鉄環《てつわ》から、豚の足を解いて助手が云う。

「いかがです、今日は一つ、お風呂《ふろ》をお召《め》しなさいませ。すっかりお仕度《したく》ができて居ます。」

豚がまだ承知とも、何とも云わないうちに、鞭《むち》がピシッとやって来た。豚は仕方なく歩き出したが、あんまり肥ってしまったので、もうごくことの大儀《たいぎ》な(=骨の折れる)こと、三足で息がはあはあした。

そこへ鞭がピシッと来た。豚はまるで潰《つぶ》れそうになり、それでもようよう畜舎の外まで出たら、そこに大きな木の鉢《はち》に湯が入ったのが置いてあった。

「さあ、この中にお入りなさい。」助手が又一つパチッとやる。豚はもうやっとのことで、ころげ込《こ》むようにしてその高い縁《ふち》を越《こ》えて、鉢の中へ入ったのだ。

小使が大きなブラッシをかけて、豚のからだをきれいに洗う。そのブラッシをチラッと見て、豚は馬鹿のように叫《さけ》んだ。というわけはそのブラッシが、やっぱり豚の毛でできた。豚がわめいているうちにからだがすっかり白くなる。

「さあ参りましょう。」助手が又、一つピシッと豚をやる。

豚は仕方なく外に出る。寒さがぞくぞくからだに浸《し》みる。豚はとうとうくしゃみをする。

「風邪《かぜ》を引きますぜ、こいつは。」小使が眼を大きくして云った。

「いいだろうさ。腐《くさ》りがたくて。」助手が苦笑して云った。

豚が又畜舎へ入ったら、敷藁がきれいに代えてあった。寒さはからだを刺すようだ。それに今朝からまだ何も食べないので、胃ももうからになったらしく、あらしのようにゴウゴウ鳴った。

豚はもう眼もあけず頭がしんしん鳴り出した。ヨークシャイヤの一生の間のいろいろな恐《おそ》ろしい記憶《きおく》が、まるきり廻《まわ》り燈籠《どうろう》のように、明るくなったり暗くなったり、頭の中を過ぎて行く。さまざまな恐ろしい物音を聞く。それは豚の外で鳴ってるのか、あるいは豚の中で鳴ってるのか、それさえわからなくなった。そのうちもういつか朝になり教舎の方で鐘《かね》が鳴る。間もなくがやがや声がして、生徒が沢山《たくさん》やって来た。助手もやっぱりやって来た。

「外でやろうか。外の方がやはりいいようだ。連れ出して呉れ。おい。連れ出してあんまりギーギー云わせないようにね。まずくなるから。」

畜産の教師がいつの間にか、ふだんとちがった茶いろなガウンのようなものを着て入口の戸に立っていた。

助手がまじめに入って来る。

「いかがですか。天気も大変いいようです。今日少しご散歩なすっては。」又一つ鞭をピチッとあてた。豚は全く異議もなく、はあはあ頬《ほお》をふくらせて、ぐたっぐたっと歩き出す。前や横を生徒たちの、二本ずつの黒い足が夢《ゆめ》のように動いていた。俄《にわ》かにカッと明るくなった。外では雪に日が照って豚はまぶしさに眼を細くし、やっぱりぐたぐた歩いて行った。

全体どこへ行くのやら、向《む》こうに一本の杉《すぎ》がある、ちらっと頭をあげたとき、俄かに豚はピカッという、はげしい白光のようなものが花火のように眼の前でちらばるのを見た。そいつから億百千の赤い火が水のように横に流れ出した。天上の方ではキーンという鋭《するど》い音が鳴っている。横の方ではごうごう水が湧《わ》いている。さあそれからあとのことならば、もう私は知らないのだ。とにかく豚のすぐよこにあの畜産の、教師が、大きな鉄槌《てっつい》を持ち、息をはあはあ吐《は》きながら、少し青ざめて立っている。又豚はその足もとで、たしかにクンクンと二つだけ、鼻を鳴らしてじっとうごかなくなっていた。

生徒らはもう大活動、豚の身体《からだ》を洗った桶《おけ》に、も一度新らしく湯がくまれ、生徒らはみな上着の袖《そで》を、高くまくって待っていた。

助手が大きな小刀で豚の咽喉《のど》をザクッと刺しました。

一体この物語は、あんまり哀《あわ》れ過ぎるのだ。もうこのあとはやめにしよう。とにかく豚はすぐあとで、からだを八つに分解されて、厩舎《きゅうしゃ》のうしろに積みあげられた。雪の中に一晩漬《つ》けられた。

さて大学生諸君、その晩空はよく晴れて、金牛宮《きんぎゅうきゅう》(＝おうし座)もきらめき出し、二十四日の銀の角、つめたく光る弦月《げんげつ》が、青じろい水銀のひかりを、そこらの雲にそそぎかけ、そのつめたい白い雪の中、戦場の墓地のように積みあげられた雪の底に、豚はきれいに洗われて、八きれになって埋《うず》まった。月はだまって過ぎて行く。夜はいよいよ冴《さ》えたのだ。

人間は自然からもっと学ぶべきことがある――『なめとこ山の熊』

現代のわたしたちに語りかけてくる、賢治の真のメッセージの捉え方

前の『フランドン農学校の豚』で、ぼくは、動物の尊厳を無視した虐待は罪である、という賢治の信念を紹介しました。もちろん、賢治がそう信じるようになった大きな理由は、輪廻転生という仏教の思想をかたく信じていたからだと思います。

しかし、二十一世紀に生きるわたしたちは、仏教とは異なる視点から、輪廻転生という比喩《ひゆ》を理解しなければいけないでしょう。それは、科学者の賢治が強く主張した別の比喩です。「わたしたちをたがいにつなげあっている」網の一部がこわれてしまえば、つぎつぎと他の部分もこわれていくでしょう。わたしたちは、自然とは一つの「集合体」であり、「わたしたちがおたがいに関係している」網なのだと理解する必要があります。人間はとてつもないスケールで自然を操作したりこわしたりできるけれど、自分が使ったものを元に戻す特別な責任も負っているからです。

それでは、つぎの問いを立ててみましょう。

現代のわたしたちが賢治の物語を読むとき、賢治の信仰心は脇に置いておくべきか否《いな》か？

この問いに答える前に、まえがき（P.11～）で挙げたウィリアム・シェイクスピアを例に説明し

ましょう。彼は約四〇〇年前のエリザベス一世の時代に生きた人物でした。わたしたちがその時代を追体験したり、シェイクスピアの作品の裏にひそむ動機を探ったりすることなど、まずできるはずがありません。

もちろん、みなさんが学者ならば、そうすべきでしょう。でも、彼の戯曲を見に行く(これは読書とほぼ同じ行為です)人々が、そこまでする必要はないはずです。シェイクスピアの戯曲には、王や女王、貴族などが数多く登場しますが、今日、ぼくの生まれ育った街ロサンゼルスの住民はどうすればそういう人物と知りあえるというのでしょうか?

しかし、わたしたちがロサンゼルスにいようと、鹿児島にいようと、ナイロビにいようと、その他の土地にいようと、だれもが自分の時代や社会にふさわしいものをシェイクスピアの戯曲に見出せるはずです。わたしたちからすれば、王や女王は大統領や首相といった権力者を象徴しています。たとえばわたしたちは、ハムレットが、J．D．サリンジャーの名作『The Catcher in the Rye』(邦題『キャッチャー・イン・ザ・ライ』あるいは『ライ麦畑でつかまえて』)の主人公ホールデン・コールフィールドにちょっと似ているように感じるでしょう。リア王なら、わたしたちのおじいさんといった人物になるかもしれません。

わたしたちが自分なりの見方や考え方でこうした人物にかかわり、彼らが現代の生活について何も教えてくれていないと思うようだったら、シェイクスピアの戯曲を再演する意味など一切ありません。むしろ、それがかってに老衰で死ぬよう、かまわないでいればいいのです。

シェイクスピアの場合とまったく同じことが、賢治の物語や詩にもあてはまります。賢治の作品を読むときには、それが現代のわたしたちに語りかけてくる真のメッセージを捉えようとすべきです。たとえ賢治がわたしたちを日蓮《にちれん》宗に改宗させようとしていたとしても、それはあくまで賢治だけの問題であって、わたしたちの問題ではないのです。

ぼくは日蓮宗に改宗するつもりはありません。でも、ぼくは賢治のすばらしい作品を読み続け、自分の人生や二十一世紀に生きる世界中の人々の生き方について学んでいくつもりです。そのとき、まわりの人々を日蓮宗に改宗させようと願っていた賢治は無視し続けるでしょう。

この世界のあらゆるものは、ただ「あるがまま」にある

賢治はもはや花巻や岩手、日本だけの知的遺産ではなくなりました。賢治はあらゆる時代や場所に訴えるような真理を語る人で、現在や未来に生きる世界中の人々にも影響をあたえる作家です。『春と修羅』の「序」には、「ひかりはたもち　その電燈《でんとう》は失われ」という一行があります。これは、賢治の作品すべて、つまり彼の文学的遺産すべてにあてはまる言葉です。

ここに出てくる「電燈」とは、たとえば、賢治ひとりの生とそこに流れこんでくるものすべてを意味します。そして、「ひかり」とは賢治の全作品のことです。つまり、たとえ自分(＝電燈)が死んでなくなってしまったとしても、作品(＝ひかり)は生き続ける、と言っているのです。そして、その「ひかり」はこの先ずっと、わたしたちのまわりをあかるく照らし続けるでしょう。

『なめとこ山の熊』という物語は、賢治の作品のなかでも傑作にあたります。前述した『フラン

ドン農学校の豚』同様、今日、わたしたちは、動物が持つ尊厳という視点から、この傑作を捉え直すべきです。これを読めば、わたしたちが動物の尊厳を守らなければならないこと、実は絶滅しかかっているのは動物ではなく、自分たち人間の側なのだということが理解できるはずです。
先ほどの物語『フランドン農学校の豚』の「登場動物」は食用の豚でした。一方、この物語の登場動物は自然界に生きる熊です。豚同様、熊もお金に換えることができます。熊の胆《い》は、薬の成分になるからです。

熊は恐ろしい動物だ、とわたしたちは思っています。森で熊にあうのはいやだ。熊にあうなら、動物園がいい。しかし、賢治にいわせると、『今日こそわたくしは』という作品に登場したあのアブ同様、熊は良い動物でも悪い動物でもありません。自然界には熊が存在する。この世界のすべてのものは、ただ「あるがままに」ある。それだけのことです。

だから、熊もこの世界に生まれてきたからには、熊として生きる権利や尊厳、「自己を主張する」権利と尊厳を持っています。賢治の作品に出てくるほとんどすべての動物は、人間のように話したり、会話を交《か》わしたりします。なかには、『雪渡り』という作品に出てくる狐のように、人間よりもきちんと賢く話せる動物もいます。つまり、わたしたちこそ、動物から何かを学ばなければならない立場にいるのです。

自然界では無生物も生きている

ぼくは、自然がかもしだしている物語の雰囲気は、物語そのもの以上に大切だと言いました（P.57）。この『なめとこ山の熊』の冒頭で、賢治は次のようにその雰囲気を説明しています。

なめとこ山は一年のうち大《たい》ていの日はつめたい霧か雲かを吸ったり吐いたりしている。まわりもみんな青黒いなまこや海坊主のような山だ。

ここで引用した部分のポイントは二つです。

まず、山自体が霧や雲を吸っていることです。呼吸する無生物というのは賢治の作品によく出てくるモチーフです。山の岩石をはじめ、まわりにあるものはすべて自然界で生きているのだ、と賢治はわたしたちに教えています。

二つ目のポイントは、まわりの山が「なまこ」や「海坊主」のようだと言っている点です。つまり、よく観察すれば、この山並みは、かつて海のなかにあったかもしれない、と見抜いていることです。

賢治は、現在のなかには過去と未来が必ず含まれている、と考えていました。賢治は岩石を調査しながら、地球の歴史を学びました。岩石の調査は賢治が子どものときからずっと情熱を注いできたものでした。このように、過去を知ることはそれほど難しくはありません。

それに対して、わたしたちが未来を知ることは、そう簡単にはできません。ただし、現在のように自然を酷使し続けたり汚染し続けたりしたら地球がどうなってしまうのか、という未来ぐらいは簡単に予想できるはずです。

山があるおかげで森があり、森はさまざまな動植物の命を育《はぐく》むと同時に、澄んだきれいな水と空気を生み出します。その清らかな水は海に流れこみ、さまざまな魚介類の命を育みます。森は、わたしたちが吐きだす二酸化炭素を酸素に変えてくれます。また、山や森によって豊富なミネラルを与えられた土は、おいしい農作物をわたしたちにもたらしてくれます。

山や川や海や土は無生物ですが、あらゆる生命の源です。そう考えれば、山も川も海も土も、一種の生きものとしての尊厳を持っていると考えるべきです。

そう捉えれば、わたしたちは自然を尊重するようになるでしょう。そうすれば、自然を破壊したあげくに自分自身も破壊するようなことになどならないはずです。

物語の結末にある小十郎の死は、光と影と雪の風景によって再現されています。小十郎も熊もこの風景のなかに存在しています。そしてこの風景は、まるで英国のウィルトシャー郡にあるストーンヘンジと同じくらい静かで、時間の枠組みの外に存在しているかのようです(ストーンヘンジでは、四、五千年もの昔から、大きな石が円を描き、柱のように地面に突き刺さっています)。

小十郎のまわりにある円も、同じように時間の枠組みの外に存在しているのだと思います。その円は、花巻にいつか住んでいた宮沢賢治が作品の形で日本の野原に建てた、永久に残る石碑です。

なめとこ山の熊

なめとこ山の熊《くま》のことならおもしろい。なめとこ山は大きな山だ。淵沢《ふちざわ》川はなめとこ山から出て来る。なめとこ山は一年のうち大《たい》ていの日はつめたい霧か雲かを吸ったり吐いたりしている。まわりもみんな青黒いなまこや海坊主のような山だ。山のなかごろに大きな洞穴《ほらあな》ががらんとあいている。そこから淵沢川がいきなり三百尺（＝約九〇メートル）ぐらいの滝になってひのきやいたやのしげみの中をごうと落ちて来る。

中山《なかやま》街道はこのごろは誰《たれ》も歩かないから蕗《ふき》やいたどりがいっぱいに生えたり牛が遁《に》げて登らないように柵《さく》をみちにたてたりしているけれどもそこをがさがさ三里（＝約一二キロメートル）ばかり行くと向《むこ》うの方で風が山の頂《いただき》を通っているような音がする。気をつけてそっちを見ると何だかわけのわからない白い細長いものが山をうごいて落ちてけむりを立てているのがわかる。それがなめとこ山の大空滝《おおぞらのたき》だ。そして昔はそのへんには熊がごちゃごちゃ居《い》たそうだ。ほんとうはなめとこ山も熊の胆《い》も私は自分で見たのではない。人から聞いたり考えたりしたことばかりだ。間《ま》ちがっているかもしれないけれども私はそう思うのだ。とにかくなめとこ山の熊の胆《い》は名高いものになっている。

腹の痛いのにもきけば傷もなおる。鉛《なまり》の湯の入口になめとこ山の熊の胆《い》ありという昔からの看板もかかっている。だからもう熊はなめとこ山で赤い舌をべろべろ吐いて谷をわたったり熊の子供らがすもうをとっておしまいぽかぽか撲《なぐ》りあったりしていることはたしかだ。熊捕《と》りの名人の淵沢小十郎《ふちざわこじゅうろう》がそれを片っぱしから捕《と》ったのだ。

淵沢小十郎はすがめ(＝斜視。あるいは片方の目がつぶれていること)の赭黒《あかぐろ》いごりごりしたおやじで胴は小さな臼《うす》ぐらいはあったし掌《てのひら》は北島《きたじま》の毘沙門《びしゃもん》さんの病気をなおすための手形ぐらい大きく厚かった。小十郎は夏なら菩提樹《マダ》の皮でこさえたけら(＝蓑《みの》)を着てはむばき(＝すねあて)をはき生蕃《せいばん》(＝台湾の先住民)の使うような山刀《やまがたな》とポルトガル伝来というような大きな重い鉄砲をもってたくましい黄いろな犬をつれてなめとこ山からしどけ沢から三つ又からサッカイの山からマミ穴森から白沢《しらさわ》からまるで縦横にあるいた。木がいっぱい生えているから谷を溯《のぼ》っているとまるで青黒いトンネルの中を行くようで時にはぱっと緑と黄金《きん》いろに明るくなることもあればそこら中が花が咲いたように日光が落ちていることもある。そこを小十郎が、まるで自分の座敷の中を歩いているというふうでゆっくりのっしのっしとやって行く。犬はさきに立って崖《がけ》を横這《よこば》いに走ったりざぶんと水にかけ込んだり淵ののろのろした気味の悪いとこをもう一生けん命に泳いでやっと向うの岩にのぼるとからだをぶるぶるっとして毛をたてて水をふるい落しそれから鼻をしかめて主人の来るのを待っている。小十郎は膝《ひざ》から上にまるで屏風《びょうぶ》のような白い波をたてながらコンパスのように足を抜き差しして口を少し曲げながらやって来る。そこであんまり一ぺんに言ってしまって悪いけれどもなめとこ山あたりの熊は小十郎をすきなのだ。その証拠には熊どもは小十郎がぼちゃぼちゃ谷をこいだり谷の岸の細い平らないっぱいにあざみなどの生えているとこを通るときはだまって高いとこから見送っているのだ。木の上から両手で枝にとりついたり崖の上で膝をかかえて座ったりしておもしろそうに小十郎を見送っているのだ。まったく熊どもは小十郎の犬さえすきなようだった。けれどもいくら熊どもだってすっかり小十郎とぶっつかって犬がまるで火のついたまりのようになって飛びつき小十郎が眼《め》をまるで変に光らして鉄砲をこっちへ構えることはあんまりすきではなかった。そのときは大ていの熊は迷惑そうに手をふってそんなことをされるのを断わった。けれども熊もいろいろだから気の烈《はげ》しいやつならごうごう咆《ほ》えて立ちあがって、犬などはまるで踏みつぶしそうにしながら小十郎の方へ両手を出してかかって行く。小十郎はぴったり落ち着いて樹《き》をたてにして立ちながら熊の月の輪をめがけてズドンとやるのだった。すると森までががあっと叫んで熊はどたっと倒れ赤黒い血をどくどく吐き鼻をくんくん鳴らして死んでしまうのだった。小十郎は鉄砲を木へたてかけて注意深くそばへ寄って来てこう言うのだった。

「熊。おれはてまえ(=てめえ)を憎くて殺したのでねえんだぞ。おれも商売ならてめえも射《う》たなけぁならねえ。ほかの罪のねえ仕事していんだが畑はなし木はお上《かみ》のものにきまったし里へ出ても誰《たれ》も相手にしねえ。仕方なしに猟師なんぞしる(=する)んだ。てめえも熊に生れたが因果ならおれもこんな商売が因果だ。やい。この次には熊なんぞに生れなよ」

そのときは犬もすっかりしょげかえって眼を細くして座っていた。

何せこの犬ばかりは小十郎が四十の夏うち中みんな赤痢《せきり》にかかってとうとう小十郎の息子とその妻も死んだ中にぴんぴんして生きていたのだ。

それから小十郎はふところからとぎすまされた小刀を出して熊の顎《あご》のとこから胸から腹へかけて皮をすうっと裂いていくのだった。それからあとの景色は僕は大きらいだ。けれどもとにかくおしまい小十郎がまっ赤な熊の胆《い》をせなかの木のひつ(=大きな箱)に入れて血で毛がぼとぼと房《ふさ》になった毛皮を谷であらってくるくるまるめせなかにしょって自分もぐんなりした風で谷を下って行くことだけはたしかなのだ。

小十郎はもう熊のことばだってわかるような気がした。ある年の春はやく山の木がまだ一本も青くならないころ小十郎は犬を連れて白沢をずうっとのぼった。夕方になって小十郎はばっかぃ沢へこえる峯《みね》になった処《ところ》へ去年の夏こさえた笹小屋《ささごや》へ泊ろうと思ってそこへのぼって行った。そしたらどういう加減か小十郎の柄《がら》にもなく登り口をまちがってしまった。

なんべんも谷へ降りてまた登り直して犬もへとへとにつかれ小十郎も口を横にまげて息をしながら半分くずれかかった去年の小屋を見つけた。小十郎がすぐ下に湧水《わきみず》のあったのを思い出して少し山を降りかけたら愕《おどろ》いたことは母親とやっと一歳になるかならないような子熊と二疋《ひき》ちょうど人が額に手をあてて遠くを眺《なが》めるといったふうに淡い六日の月光の中を向うの谷をしげしげ見つめているのにあった。小十郎はまるでその二疋の熊のからだから後光《ごこう》が射すように思えてまるで釘付《くぎづ》けになったように立ちどまってそっちを見つめていた。すると小熊が甘えるように言ったのだ。

「どうしても雪だよ、おっかさん谷のこっち側だけ白くなっているんだもの。どうしても雪だよ。おっかさん」

するど母親の熊はまだしげしげ見つめていたがやっと言った。

「雪でないよ、あすこへだけ降るはずがないんだもの」

子熊はまた言った。

「だから溶《と》けないで残ったのでしょう」

「いいえ、おっかさんはあざみの芽を見に昨日あすこを通ったばかりです」

小十郎もじっとそっちを見た。

月の光が青じろく山の斜面を滑《すべ》っていた。そこがちょうど銀の鎧《よろい》のように光っているのだった。しばらくたって子熊が言った。

「雪でなけぁ霜だねえ。きっとそうだ」

ほんとうに今夜は霜が降るぞ、お月さまの近くで胃《コキエ》(=おひつじ座近くの星の中国名)もあんなに青くふるえているし第一お月さまのいろだってまるで氷のようだ、小十郎がひとりで思った。

「おかあさまはわかったよ、あれねえ、ひきざくらの花」

「なぁんだ、ひきざくらの花だい。僕知ってるよ」

「いいえ、お前まだ見たことありません」

「知ってるよ、僕この前とって来たもの」

「いいえ、あれひきざくらでありません、お前とって来たのきささげの花でしょう」

「そうだろうか」子熊はとぼけたように答えました。小十郎はなぜかもう胸がいっぱいになってもう一ぺん向うの谷の白い雪のような花と余念なく月光をあびて立っている母子の熊をちらっと見てそれから音をたてないようにこっそりこっそり戻りはじめた。風があっちへ行くな行くなと思いながらそろそろと小十郎は後退《あとずさ》りした。くろもじの木の匂《におい》が月のあかりといっしょにすうっとさした。

ところがこの豪儀《ごうぎ》な(=威勢のよい)小十郎がまちへ熊の皮と胆《きも》を売りに行くときのみじめさといったら全く気の毒だった。

町の中ほどに大きな荒物屋《あらものや》があって笊《ざる》だの砂糖だの砥石《といし》だの金天狗《きんてんぐ》やカメレオン印の煙草《たばこ》だのそれから硝子《ガラス》の蠅《はえ》とりまでならべていたのだ。小十郎が山のように毛皮をしょってそこのしきいを一足またぐと店では又来たかというようにうすわらっているのだった。店の次の間に大きな唐金《からかね》(＝青銅)の火鉢《ひばち》を出して主人がどっかり座っていた。

「旦那《だんな》さん、先《せん》ころ(＝このあいだ)はどうもありがどうごあんした」

あの山では主《あるじ》のような小十郎は毛皮の荷物を横におろして叮《てい》ねいに敷板に手をついて言うのだった。

「はあ、どうも、今日は何のご用です」

「熊の皮また少し持って来たます」

「熊の皮か。この前のもまだあのまましまってあるし今日ぁまんついいます」

「旦那さん、そう言わないでどうか買って呉《く》んなさい。安くてもいいます」

「なんぼ安くても要らないます」主人は落ち着きはらってきせるをたんたんとてのひらへたたくのだ、あの豪気な山の中の主《あるじ》の小十郎はこう言われるたびにもうまるで心配そうに顔をしかめた。何せ小十郎のとこでは山には栗《くり》があったしうしろのまるで少しの畑からは稗《ひえ》がとれるのではあったが米などは少しもできず味噌《みそ》もなかったから九十になるとしよりと子供ばかりの七人家内《かない》にもって行く米はごくわずかずつでも要《い》ったのだ。

里の方のものなら麻もつくったけれども、小十郎のとこではわずか藤《ふじ》つるで編む入れ物の外《ほか》に布にするようなものはなんにも出来なかったのだ。小十郎はしばらくたってからまるでしわがれたような声で言ったもんだ。

「旦那さん、お願《ねが》いだます。どうが何ぼでもいいはんて買って呉なぃ」小十郎はそう言いながら改めておじぎさえしたもんだ。

主人はだまってしばらくけむりを吐いてから顔の少しでにかにか笑うのをそっとかくして言ったもんだ。

「いいます。置いでお出れ。じゃ、平助《へいすけ》、小十郎さんさ二円あげろじゃ」

店の平助が大きな銀貨を四枚小十郎の前へ座って出した。小十郎はそれを押しいただくようにしてにかにかしながら受け取った。それから主人はこんどはだんだん機嫌がよくなる。

「じゃ、おきの、小十郎さんさ一杯あげろ」

小十郎はこのころはもううれしくてわくわくしている。主人はゆっくりいろいろ談《はな》す。小十郎はかしこまって山のもようや何か申しあげている。間もなく台所の方からお膳《ぜん》できたと知らせる。小十郎は半分辞退するけれども結局台所のとこへ引っぱられてってまた叮寧《ていねい》な挨拶《あいさつ》をしている。

間もなく塩引《しおびき》(=塩気の強い)の鮭《さけ》の刺身やいかの切り込み(=塩辛のような、東北の郷土料理)

などと酒が一本黒い小さな膳にのって来る。

小十郎はちゃんとかしこまってそこへ腰掛けていかの切り込みを手の甲にのせてべろりとなめたりうやうやしく黄いろな酒を小さな猪口《ちょこ》についだりしている。いくら物価の安いときだって熊の毛皮二枚で二円はあんまり安いと誰《たれ》でも思う。実に安いしあんまり安いことは小十郎でも知っている。けれどもどうして小十郎はそんな町の荒物屋なんかへでなしにほかの人へどしどし売れないか。それはなぜか大《たい》ていの人にはわからない。けれども日本では狐《きつね》けん(=じゃんけんの一種)というものもあって狐は猟師に負け猟師は旦那に負けるときまっている。ここでは熊は小十郎にやられ小十郎が旦那にやられる。旦那は町のみんなの中にいるからなかなか熊に食われない。けれどもこんないやなずるいやつらは世界がだんだん進歩するとひとりで消えてなくなっていく。僕はしばらくの間でもあんな立派な小十郎が二度とつらも見たくないようないやなやつにうまくやられることを書いたのが実にしゃくにさわってたまらない。

こんなふうだったから小十郎は熊どもは殺してはいても決してそれを憎んではいなかったのだ。ところがある年の夏こんなようなおかしなことが起ったのだ。

小十郎が谷をばちゃばちゃ渉《わた》って一つの岩にのぼったらいきなりすぐ前の木に大きな熊が猫《ねこ》のようにせなかを円《まる》くしてよじ登っているのを見た。小十郎はすぐ鉄砲をつきつけた。犬はもう大悦《おおよろこ》びで木の下に行って木のまわりを烈《はげ》しく馳《は》せめぐった。

するとその樹の上の熊はしばらくの間おりて小十郎に飛びかかろうかそのまま射《う》たれてやろうか思案しているらしかったがいきなり両手を樹からはなしてどたりと落ちて来たのだ。小十郎は油断なく銃を構えて打つばかりにして近寄って行ったら熊は両手をあげて叫んだ。

「おまえは何がほしくておれを殺すんだ」

「ああ、おれはお前の毛皮と、胆《きも》のほかにはなんにもいらない。それも町へ持って行ってひどく高く売れるというのではないしほんとうに気の毒だけれどもやっぱり仕方ない。けれどもお前に今ごろそんなことを言われるともうおれなどは何か栗かしだのみでも食っていてそれで死ぬならおれも死んでもいいような気がするよ」

「もう二年ばかり待ってくれ、おれも死ぬのはもうかまわないようなもんだけれども少しし残した仕事もあるしただ二年だけ待ってくれ。二年目にはおれもおまえの家の前でちゃんと死んでいてやるから。毛皮も胃袋もやってしまうから」

小十郎は変な気がしてじっと考えて立ってしまいました。熊はそのひまに足うらを全体地面につけてごくゆっくりと歩き出した。小十郎はやっぱりぼんやり立っていた。熊はもう小十郎がいきなりうしろから鉄砲を射ったり決してしないことがよくわかってるというふうでうしろも見ないでゆっくりゆっくり歩いて行った。そしてその広い赤黒いせなかが木の枝の間から落ちた日光にちらっと光ったとき小十郎は、う、うとせつなそうにうなって谷をわたって帰りはじめた。それからちょうど二年目だったがある朝小十郎があんまり風が烈《はげ》しくて木もかきねも倒れたろうと思って外へ出たらひのきのかきねはいつものようにかわりなくその下のところに始終《しじゅう》見たことのある赤黒いものが横になっているのでした。ちょうど二年目だしあの熊がやって来るかと少し心配するようにしていたときでしたから小十郎はどきっとしてしまいました。そばに寄って見ましたらちゃんとあのこの前の熊が口からいっぱいに血を吐いて倒れていた。小十郎は思わず拝《おが》むようにした。

一月のある日のことだった。小十郎は朝うちを出るときいままで言ったことのないことを言った。

「婆《ば》さま、おれも年老《と》ったでばな、今朝まず生《うま》れで始めで水へ入るの嫌《や》んたよな気するじゃ」

すると縁側の日なたで糸を紡《つむ》いでいた九十になる小十郎の母はその見えないような眼をあげてちょっと小十郎を見て何か笑うか泣くかするような顔つきをした。小十郎はわらじを結《ゆわ》えてうんとこさと立ちあがって出かけた。子供らはかわるがわる厩《うまや》(＝馬小屋)の前から顔を出して「爺《じ》さん、早ぐお出《で》や」と言って笑った。小十郎はまっ青なつるつるした空を見あげてそれから孫たちの方を向いて「行って来るじゃい」と言った。

小十郎はまっ白な堅雪《かたゆき》の上を白沢の方へのぼって行った。犬はもう息をはあはあし赤い舌を出しながら走ってはとまり走ってはとまりして行った。間もなく小十郎の影は丘の向うへ沈んで見えなくなってしまい子供らは稗《ひえ》の藁《わら》でふじつき(=昔の子どもの遊びの一種)をして遊んだ。

小十郎は白沢の岸を溯《のぼ》って行った。水はまっ青に淵《ふち》になったり硝子《ガラス》板をしいたように凍ったりつららが何本も何本もじゅずのようになってかかったりそして両岸からは赤と黄いろのまゆみの実が花が咲いたようにのぞいたりした。小十郎は自分と犬との影法師がちらちら光り樺《かば》の幹の影といっしょに雪にかっきり藍《あい》いろの影になってうごくのを見ながら溯《さかのぼ》って行った。

白沢から峯を一つ越えたとこに一疋《ぴき》の大きなやつが棲《す》んでいたのを夏のうちにたずねておいたのだ。

小十郎は谷に入って来る小さな支流を五つ越えて何べんも何べんも右から左左から右へ水をわたって溯って行った。そこに小さな滝があった。小十郎はその滝のすぐ下から長根《ながね》の方へかけてのぼりはじめた。雪はあんまりまばゆくて燃えているくらい。小十郎は眼がすっかり紫の眼鏡《めがね》をかけたような気がして登って行った。犬はやっぱりそんな崖《がけ》でも負けないというようにたびたび滑りそうになりながら雪にかじりついて登ったのだ。やっと崖を登りきったらそこはまばらに栗の木の生えたごくゆるい斜面の平らで雪はまるで寒水石《かんすいせき》（＝大理石の一種）という風にギラギラ光っていたしまわりをずうっと高い雪のみねがにょきにょきつったっていた。小十郎がその頂上でやすんでいたときだ。いきなり犬が火のついたように咆《ほ》え出した。小十郎がびっくりしてうしろを見たらあの夏に眼をつけておいた大きな熊が両足で立ってこっちへかかって来たのだ。

小十郎は落ちついて足をふんばって鉄砲を構えた。熊は棒のような両手をびっこにあげてまっすぐに走って来た。さすがの小十郎もちょっと顔いろを変えた。

ぴしゃというように鉄砲の音が小十郎に聞えた。ところが熊は少しも倒れないで嵐《あらし》のように黒くゆらいでやって来たようだった。犬がその足もとに噛《か》み付いた。と思うと小十郎はがあんと頭が鳴ってまわりがいちめんまっ青になった。それから遠くでこう言うことばを聞いた。

「おお小十郎おまえを殺すつもりはなかった」

もうおれは死んだと小十郎は思った。そしてちらちらちらちら青い星のような光がそこらいちめんに見えた。

「これが死んだしるしだ。死ぬとき見る火だ。熊ども、ゆるせよ」と小十郎は思った。それからあとの小十郎の心持《こころもち》はもう私にはわからない。

とにかくそれから三日目の晩だった。まるで氷の玉のような月がそらにかかっていた。

雪は青白く明るく水は燐光《りんこう》をあげた。すばるや参《しん》の星(=オリオン座の中心にある三つの星)が緑や橙《だいだい》にちらちらして呼吸をするように見えた。

その栗の木と白い雪の峯々にかこまれた山の上の平らに黒い大きなものがたくさん環《わ》になって集って各々《おのおの》黒い影を置き回々教徒《フイフイ》(=イスラム教徒)の祈るときのようにじっと雪にひれふしたままいつまでもいつまでも動かなかった。そしてその雪と月のあかりで見るといちばん高いところに小十郎の死骸《しがい》が半分座ったようになって置かれていた。

思いなしかその死んで凍えてしまった小十郎の顔はまるで生きてるときのように冴《さ》え冴《ざ》えして何か笑っているようにさえ見えたのだ。ほんとうにそれらの大きな黒いものは参の星が天のまん中に来てももっと西へ傾いてもじっと化石したようにうごかなかった。

どんな人にも無限の可能性がある――『ひのきとひなげし』

みずみずしい自然描写と豊かな色彩美の物語

この物語は花と星の性質を美しく描いています。この物語では、花は星と、星は花と同じなのです。花が星と同じだというのは賢治にとってとても大切なことだったはずです。賢治はわたしたちにこう伝えたかったのだと思います。

もし地球上の花が星だったならば、星と同じように、花も永遠に輝くシンボルになる。天にある星と地にある花、つまり、空にある非常に長い命と地球に存在するはかない命は、結局、同じ現象の二つの面である。一本の花はすぐに死んでしまうけれど、その場所か別の場所でまったく同じような花として生まれてくる。星もそうである。その命の長さは全然ちがうけれど、星もいつかは必ず死を迎える。しかし、その粒子などは光や別の物質として宇宙に広がり、永遠に生き続けていく。

賢治にとっては、星と花という二つのものの距離のスケールも、時間のスケールも気になりません。花も星も、永遠に再生を繰り返す命としての存在なのです。

この物語に出てくる短い詩は、賢治の主張をとても美しく表現しています。

あめなる花をほしと云い
この世の星を花という。

「あめなる」とは「天にある」という意味です。ちなみに、ぼくはこの詩を次のように英訳してみました。

Flowers in the heavens
Are called stars
Stars on this Earth
Are our flowers

この物語における山や風、木や植物の描写は、賢治の作品のなかで最もみずみずしいものです。そして、この物語には、驚くほどたくさんの色彩が登場してきます。空気でさえ「浅黄《あさぎ》いろ」をしています。しかも、この空気は蜜の色をした波でいっぱいです。色彩豊かなこの物語は、まるでドイツ表現主義の絵のようではありませんか。

ひなげしの女王《スター》「テクラ」に隠された意味

ところで、この物語に登場するひなげしの女王に、賢治は「テクラ」という名前をつけていますが、それは賢治にとってとても重要なことだったはずです。

実は、このテクラは実在した女性の名前でした。テクラはアルファベットでは、Theclaとつづります。彼女は西暦一六年に今日のトルコ領で生まれました。彼女は聖パウロを崇拝していたので、牢屋にいた彼を訪ねていったといわれています。彼女自身も何度も処刑されそうになりました。でも、なぜか、無事ですんだのでした。たとえば、こんなことがありました。彼女は火あぶりの刑を宣告され、柱にしばりつけられて足元に火をつけられました。しかし、突然、嵐がやって来て、雨とひょうが降り、火は消えてしまったのです。

彼女は今日のシリア領マアルーラ村で、九十歳で亡くなりました。マアルーラには、彼女の「亡骸《なきがら》」をおさめた教会があります。そこは「聖テクラ修道院」と呼ばれています。

賢治がテクラという名前を使ったのは、テクラの修道院に入る女性が髪をけずりながら聖テクラの祈りをささげるからにちがいありません。

それ以外にも、彼女はこの物語と関係があります。

実は、もう一つ別の「聖テクラ教会」がキプロスにあったのです。不思議なことに、この教会はほとんど土のなかにありましたが、教会の上の牧草地は、この『ひのきとひなげし』に登場するような赤いひなげしでびっしり埋めつくされていました。教会が建てられたのは一九〇七年でした（教会がキプロスに「あった」と言ったのは、残念ながら、それは二〇一一年五月二日に壊され、いまはもう残っていないからです）。

この教会は一九〇七年（賢治が十一歳のとき）に建てられ、赤いひなげしの花園をほこっていました。この事実からわかるのは、賢治が自学自習で歴史や考古学の知識をこつこつとためていた、ということだけではありません。彼の物語のなかのたくさんのエピソードは、実際に「現実」に基づいていたということです。

「つまり、賢治は「アラユルコトヲ……ヨクミキキシワカリ」という鉄則にしたがっていたのです。この短い鉄則は「アラユルコト」、「ヨク」、「ミル」、「キク」、「ワカル」という五つの要素からできています。そして、賢治は文学だけでなく、科学のものの見方でも、この五つの要素すべてにしたがっていたのです。

ところで、賢治はクラシック音楽のマニアで、個人としては、岩手県で最大のレコード・コレクションを持っていたといわれています。だから、モーツァルトの美しいいとこマリア・アンナ・テクラ・モーツァルトが「テクラ」という名前だったことも、賢治は知っていたはずです。ちなみに、モーツァルトはいとこ、テクラを愛していたといわれています。このエピソードから、賢治は自分と妹トシの関係を思い浮かべたかもしれません。

賢治の作品は「両極端」からできている

また、物語の途中で「セントジョバンニ様のお庭」が出てきます。ぼくは、これは第一章の『ガドルフの百合』の項(P.77〜)で説明した同名の聖人と関係があると思っています。聖ジョバンニ・バティスタ・デ・ロッシは貧しい女性たちを救った聖人でした。

賢治はキリスト教に対しても哲学的で道徳的な関心をいだいていたのです。

「救い」の道は一つだけだ、と賢治は信じきっていたようにも見えますが、本当のところは決してそうではなかった、とぼくは思います。賢治はあらゆる宗教に大きな敬意を払いました。前に登場した『なめとこ山の熊』を思い出してください。そこで出てきた「環《わ》」は、実はイスラム教の円にそっくりです(イスラム教は、かつての日本や中国では「回教《かいきょう》」や「回回教《ふいふいきょう》」とも呼ばれていました)。

動物であろうと他の宗教であろうと、地球に存在しているものは何でも、ただそこに存在するように定められているだけなのだ。悪でさえも、それを打ち消す善のために存在しなければならない。愛があれば、悪の影響は地球上から消えてなくなるはずだ。賢治のこのメッセージは、まさにイエス・キリストのメッセージそのものではないかと思います。

賢治はこの物語を音楽にも関係づけているように思います。途中、「レオーノ様」という言葉が出てきます。通説では、この「レオーノ」はしし座レオをさしているとされています。しかしさらに、それは賢治が夢中だった作曲家、ベートーヴェンの「レオノーレ」をもさしているにちがいありません（「レオノーレ」はオペラ『フィデリオ』につけられたもともとの題名です）。

この物語はゆかいなユーモアにあふれています。いま残っている写真を見ると、賢治の表情はどれも「むっつり」したものばかりです。それは、米軍の花巻空襲で、宮沢家の写真の多くが焼けてしまったことも一つの原因です。

しかし、賢治だって素朴なユーモアセンスを見せる、一風《いっぷう》変わった面白い男だったにちがいありません。ところが、『銀河鉄道の夜』のジョバンニのように、賢治は興奮したり満足したりしていても、すぐに憂鬱《ゆううつ》になり、自分の殻に閉じこもってしまいます。

わたしたちが賢治のこの浮き沈みの激しさを目にすれば、彼が躁鬱病《そううつびょう》にかかっているのではないかと考えることでしょう。これが本当だったならば、賢治は死に物狂いになりながら作品を書くことで、鬱病を克服しようとしたのかもしれません。

ヴィンセント・ヴァン・ゴッホのように、賢治の世界も両極端からできている、とぼくは考えています。光と闇、快楽と憂鬱、喜怒と哀楽、無限の動きと完全な静けさ、などなど。

最後のほうでは、こんなせりふが出てきます。


……ところがありがたいもんでスターになりたいなりたいと云っているおまえたちがそのままそっくりスターでな……

これは、どこかの野原で咲く一輪の名もない花であろうが、どこかの小さな町で暮らしている名もないひとりの人間であろうが、輝くスターになる可能性を秘めている、つまりどんな人にでも、無限の可能性があるのだ、ということを意味しているのだと思います。

ひのきとひなげし

ひなげしはみんなまっ赤に燃えあがり、めいめい風にぐらぐらゆれて、息もつけないようでした。そのひなげしのうしろの方で、やっぱり風に髪《かみ》もからだも、いちめんもまれて立ちながら若いひのきが云《い》いました。

「おまえたちはみんなまっ赤な帆船《ほぶね》でね、いまがあらしのとこなんだ」

「いやあだ、あたしら、そんな帆船やなんかじゃないわ。せだけ高くてばかあなひのき。」ひなげしどもは、みんないっしょに云いました。

「そして向うに居るのはな、もうみがきたて燃えたての銅《あかがね》づくりのいきものなんだ。」

「いやあだ、お日さま、そんなあかがねなんかじゃないわ。せだけ高くてばかあなひのき。」ひなげしどもはみんないっしょに叫《さけ》びます。

ところがこのときお日さまは、さっさっさっと大きな呼吸を四五へんついてるり色をした山に入ってしまいました。

風が一そうはげしくなってひのきもまるで青黒馬《あおうま》のしっぽのよう、ひなげしどもはみな熱病にかかったよう、てんでに何かうわごとを、南の風に云ったのですが風はてんから相手にせずどしどし向うへかけぬけます。

ひなげしどもはそこですこうししずまりました。東には大きな立派な雲の峰《みね》が少し青ざめて四つならんで立ちました。

いちばん小さいひなげしが、ひとりでこそこそ云いました。

「ああつまらないつまらない、もう一生合唱手《コーラス》だわ。いちど女王《スター》にしてくれたら、あしたは死んでもいいんだけど。」

となりの黒斑《くろぶち》のはいった花がすぐ引きとって云いました。

「それはもちろんあたしもそうよ。だってスターにならなくたってどうせあしたは死ぬんだわ。」

「あら、いくらスターでなくってもあなたの位立派ならもうそれだけで沢山《たくさん》だわ。」

「うそうそ。とてもつまんない。そりゃあたしいくらかあなたよりあたしの方がいいわねえ。わたしもやっぱりそう思ってよ。けどテクラさんどうでしょう。まるで及《およ》びもつかないわ。青いチョッキの虻《あぶ》さんでも黄のだんだらの蜂《はち》めまでみなまっさきにあっちへ行くわ。」

向うの葵《あおい》の花壇《かだん》から悪魔《あくま》が小さな蛙《かえる》にばけて、ベートーベンの着たような青いフロックコートを羽織《はお》りそれに新月よりもけだかいばら娘《むすめ》に仕立てた自分の弟子《でし》の手を引いて、大変あわてた風をしてやって来たのです。

「や、道をまちがえたかな。それとも地図が違《ちが》ってるか。失敗。失敗。はて、一寸《ちょっと》聞いて見よう。もしもし、美容術のうちはどっちでしたかね。」

ひなげしはあんまり立派なばらの娘を見、又《また》美容術と聞いたので、みんなドキッとしましたが、誰《たれ》もはずかしがって返事をしませんでした。悪魔の蛙がばらの娘に云いました。

「ははあ、この辺のひなげしどもはみんなつんぼか何かだな。それに全然無学《むがく》だな。」

娘にばけた悪魔の弟子はお口をちょっと三角にしていかにもすなおにうなずきました。

女王《スター》のテクラが、もう非常な勇気で云いました。

「何かご用でいらっしゃいますか。」

「あ、これは。ええ、一寸《ちょっと》おたずねいたしますが、美容院はどちらでしょうか。」

「さあ、あいにくとそういうところ存じませんでございます。一体それがこの近所にでもございましょうか。」

「それはもちろん。現に私のこのむすめなど、前は尖《とが》ったおかしなもんでずいぶん心配しましたがかれこれ三度助手のお方に来ていただいてすっかり術をほどこしましてとにかく今はあなた方ともご交際なぞ願えばねがえるようなわけ、あす紐育《ニューヨーク》に連れてでますのでちょっとお礼に出ましたので。では。」

「あ、一寸。一寸お待ち下さいませ。その美容術の先生はどこへでもご出張なさいますかしら。」

「しましょうな」

「それでは誠《まこと》になんですがお序《つい》での節《せつ》、こちらへもお廻《まわ》りねがえませんでしょうか。」

「そう。しかし私はその先生の書生というでもありません。けれども、しかしとにかくそう云いましょう。おい。行こう。さよなら。」

悪魔は娘の手をひいて、向うのどてのかげまで行くと片眼《かため》をつぶって云いました。

「お前はこれで帰ってよし。そしてキャベジと鮒《ふな》とをな灰で煮込《にこ》んでおいてくれ。ではおれは今度は医者だから。」といいながらすっかり小さな白い鬚《ひげ》の医者にばけました。

悪魔の弟子はさっそく大きな雀《すずめ》の形になってぼろんと飛んで行きました。

東の雲のみねはだんだん高く、だんだん白くなって、いまは空の頂上まで届くほどです。

悪魔は急いでひなげしの所へやって参りました。

「ええと、この辺じゃと云われたが、どうも門へ標札《ひょうさつ》も出してないというようなあんばいだ。一寸たずねますが、ひなげしさんたちのおすまいはどの辺ですかな。」

賢《かしこ》いテクラがドキドキしながら云いました。

「あの、ひなげしは手前どもでございます。どなたでいらっしゃいますか。」

「そう、わしは先刻《せんこく》伯爵《はくしゃく》からご言伝《ことづて》になった医者ですがね。」

「それは失礼いたしました。椅子《いす》もございませんがまあどうぞこちらへ。そして私共は立派になれましょうか。」

「なりますね。まあ三服でちょっとさっきのむすめぐらいというところ。しかし薬は高いから。」

ひなげしはみんな顔色を変えてためいきをつきました。テクラがたずねました。

「一体どれ位でございましょう。」

「左様《さよう》。お一人が五ビルです。」

ひなげしはしいんとしてしまいました。お医者の悪魔もあごのひげをひねったまましいんとして空をみあげています。雲のみねはだんだん崩《くず》れてしずかな金いろにかがやき、そおっと、北の方へ流れ出しました。

ひなげしはやっぱりしいんとしています。お医者もじっとやっぱりおひげをにぎったきり、花壇《かだん》の遠くの方などはもうぼんやりと藍《あい》いろです。そのとき風が来ましたのでひなげしどもはちょっとざわっとなりました。

お医者もちらっと眼《め》をうごかしたようでしたがまもなくやっぱり前のようしいんと静まり返っています。

その時一番小さいひなげしが、思い切ったように云いました。

「お医者さん。わたくしおあしなんか一文もないのよ。けども少したてばあたしの頭に亜片（＝アヘンは、ひなげしの一種から取る）ができるのよ。それをみんなあげることにしてはいけなくって。」

「ほう。亜片かね。あんまり間には合わないけれどもとにかくその薬はわしの方では要《い》るんでね。よし。いかにも承知した。証文を書きなさい。」

するとみんながまるで一ぺんに叫びました。

「私もどうかそうお願いいたします。どうか私もそうお願い致《いた》します。」

お医者はまるで困ったというように額《ひたい》に皺《しわ》をよせて考えていましたが、

「仕方ない。よかろう。何もかもみな慈善《じぜん》のためじゃ。承知した。証文《しょうもん》を書きなさい。」

さあ大変だあたし字なんか書けないわとひなげしどもがみんな一緒《いっしょ》に思ったとき悪魔のお医者はもう持って来た鞄《かばん》から印刷にした証書を沢山《たくさん》出しました。そして笑って云いました。

「ではそのわしがこの紙をひとつぱらぱらめくるからみんないっしょにこう云いなさい。

亜片はみんな差しあげ候《そうろう》と、」

まあよかったとひなげしどもはみんないちどにざわつきました。お医者は立って云いました。

「では」ぱらぱらぱらぱらぱら、

「亜片はみんな差しあげ候。」

「よろしい。早速《さっそく》薬をあげる。一服、二服、三服とな。まずわたしがここで第一服の呪文《じゅもん》をうたう。するとここらの空気にな。きらきら赤い波がたつ。それをみんなで呑《の》むんだな。」

悪魔のお医者はとてもふしぎないい声でおかしな歌をやりました。

「まひるの草木《くさき》と石土《いしつち》を　照らさんことを怠《おこた》りし　赤きひかりは集《つど》い来てなすすべしらに漂《ただよ》えよ。」

するとほんとうにそこらのもう浅黄《あさぎ》いろになった空気のなかに見えるか見えないような赤い光がかすかな波になってゆれました。ひなげしどもはじぶんこそいちばん美しくなろうと一生けん命その風を吸いました。

悪魔のお医者はきっと立ってこれを見渡《みわた》していましたがその光が消えてしまうとまた云いました。

「では第二服　まひるの草木と石土を　照らさんことを怠りし　黄なるひかりは集い来てなすすべしらに漂えよ」

空気へうすい蜜《みつ》のような色がちらちら波になりました。ひなげしはまた一生けん命です。

「では第三服」とお医者が云おうとしたときでした。

「おおい、お医者や、あんまり変な声を出してくれるなよ。ここは、セントジョバン二様のお庭だからな。」ひのきが高く叫びました。

その時風がザァッとやって来ました。ひのきが高く叫びました。

「こうらにせ医者。まてっ。」

すると医者はたいへんあわてて、まるでのろしのように急に立ちあがって、滅法界《めっぽうかい》もなく(=とんでもなく)大きく黒くなって、途方《とほう》もない方へ飛んで行ってしまいました。その足さきはまるで釘抜《くぎぬ》きのように尖《とが》り黒い診察鞄《しんさつかばん》もけむりのように消えたのです。

ひなげしはみんなあっけにとられてぽかっとそらをながめています。

ひのきがそこで云いました。

「もう一足でおまえたちみんな頭をばりばり食われるとこだった。」

「それだっていいじゃあないの。おせっかいのひのき」

もうまっ黒に見えるひなげしどもはみんな怒《おこ》って云いました。

「そうじゃあないて。おまえたちが青いけし坊主《ぼうず》のまんまでがりがり食われてしまったらもう来年はここへは草が生えるだけ、それに第一スターになりたいなんておまえたち、スターて何だか知りもしない癖《くせ》に。スターというのはな、本当は天井《てんじょう》のお星さまのことなんだ。そらあすこへもうお出になっている。もすこしたてばそらいちめんにおでましだ。そうそうオールスターキャストというだろう。オールスターキャストというのがつまりそれだ。つまり双子星座《ふたご》様は双子星座様のところにレオーノ様はレオーノ様のところに、ちゃんと定《さだ》まった場所でめいめいのきまった光りようをなさるのがオールスターキャスト、な、ところがありがたいもんでスターになりたいなりたいと云っているおまえたちがそのままそっくりスターでな、おまけにオールスターキャストだということになってある。それはこうだ。聴《き》けよ。

あめなる花をほしと云い
この世の星を花という。」

「何を云ってるの。ばかひのき、けし坊主なんかになってあたしら生きていたくないわ。おまけにいまのおかしな声。悪魔のお方のとても足もとにもよりつけないわ。わあい、わあい、おせっかいの、おせっかいの、せい高《たか》ひのき」

けしはやっぱり怒っています。

けれども、もうその顔もみんなまっ黒に見えるのでした。それは雲の峯がみんな崩れて牛みたいな形になり、そらのあちこちに星がぴかぴかしだしたのです。

ひなげしは、みな、しぃんとして居《お》りました。

ひのきは、またまって、夕がたのそらを仰ぎました。

西のそらは今はかがやきを納《おさ》め、東の雲の峯はだんだん崩れて、そこからもう銀いろの一つ星もまたたき出しました。

神や仏ではなく、自然から道徳を学べ――『サガレンと八月』

賢治と自然とに交わされた、すばらしい「対話」の物語

第一章の終わりのほう(P.105～)でぼくがこう言ったのを思い出してください。賢治の物語とは、彼が「形容された心的スケッチ」として受け取って記録した、まわりの世界からのメッセージなのだ、と。賢治はこうしたメッセージを吸収し、自分の「肉体」に取り込み、紙の上に再現してみせたのだと思います。

生前に出版された賢治の唯一の短編集である『注文の多い料理店』の「序」に、彼はこう書いています。

わたしたちは、氷砂糖をほしいくらいもたないでも、きれいにすきとおった風をたべ、桃《もも》いろのうつくしい朝の日光をのむことができます。……これらのわたくしのおはなしは、みんな林や野はらや鉄道線路やらで、虹《にじ》や月あかりからもらってきたのです。

『サガレンと八月』という物語は、賢治と自然とのあいだになされる「対話」を描いたすばらしい作品です。

物語は風に乗って賢治に聞こえてきた声でいきなり始まります。「何の用でここへ来たの……。」この声は、自分たち自然のことを、人間はどのように扱うつもりかを問いただしているのでしょう。

この物語の主人公も賢治の「もうひとりの自分」でしょうが、彼は自然を変えてしまおうとするのではなく、それを研究するためにやって来たのです。彼は「見すぼらしい黄いろの上着」を着て、身を丸めています。でも、波の姿で登場した自然はこう疑ってかかります。「おれはまた、おまえたちならきっと何かにしなけぁ済《す》まないものと思ってたんだ。」

ここで、賢治は話をしているのが自分なのか、それとも自然なのかを理解していないようです。しかし、賢治は自然がどのような姿で登場してきたとしても、それが「よい性質」を持っていることを知っています。たとえ、自然が干魃《かんばつ》や洪水、きびしい暑さや寒さといった姿で現れたとしても。

いずれにしても、風や草の「よい性質(good《グッド》 nature《ネイチャー》)」が人の心にも乗り移ってくれたら、と思います(幸いなことに、英語のgood natureという表現には、「やさしい自然」と「よい性質」両方の意味があります)。賢治の願いはこれだったのでしょう。わたしたちは神様からではなく自然から道徳を学ぶべきだ、と。

『サガレンと八月』は、ぼくがこの章で選んだ作品のなかで、賢治が考えた人間と自然の関係とはどんなものかを最も生々しく表現していると思います。この物語の本当の主人公は、風と海だといえるでしょう。

この物語に登場するタネリという少年は、賢治の作品によく出てくる、好奇心が強いけれども孤独な男の子です。彼は母親の言いつけを守りません。彼がクラゲを透かして世界をながめると、そこには地獄が広がっています。その景色が地獄だとわかるのは、空が「赤味《あかみ》を帯《お》びた鉛《なまり》いろ」をしており、三つ首の犬もいるからです。

この三つ首の犬は、「ケルベロス」という想像上の怪物を連想させます。それは、その首が白いからです。ケルベロスは、白い大理石で彫刻されることが多いのです。ケルベロスはギリシアやローマの神話に出てくる地獄の門番で、「三途《さんず》の河《かわ》」を渡った人が生者の世界に戻ろうとすることを絶対に許しません。この白い三つ首の犬の登場はタネリにとっては「悪い前兆」です。その通り、彼は「地下世界」に向かうはめになり、そこで「蟹《かに》」に変えられてしまいます。

残念ながら、賢治は『サガレンと八月』というすばらしい物語を最後まで書きませんでした。でも、賢治がこの物語で生み出した世界は彼のものの見方に関するヒントでいっぱいです。賢治のものの見方とはこういうものです。


わたしたちは、自然とコミュニケーションしなければいけない。

自然と「対話」しなければいけない。

自然と一緒にものを考えなければいけない。

自然と争わず、仲良く暮らさなければいけない。

こうしたことを実行できなければ、わたしたちは、数億年前に人間を産《う》み落とした海へと帰らなければならないことになるでしょう。

賢治の作品はファンタジーではなく、現実にもとづいて描かれている

ところで、この物語には「ギリヤークの犬神」という言葉が出てきます。このなかの「ギリヤーク」とは、かつてサハリンやシベリアのアムール川下流の盆地に住んでいた「ギリヤーク族」という種族のことで、現在「ニヴヒ」と呼ばれる人々です。「ギリヤーク」という言葉は「二つの櫂《かい》で船をこぐ人々」を意味しています。また、ニヴヒの人々は狩りをしたり祭りのささげものにしたりするために犬を飼っていたので、賢治は「ギリヤークの犬神」を登場させたのです。

また物語の後半には、チョウザメが現れます。このチョウザメは、ギリヤーク族との関連から、サハリンにいたオリーヴ色のチョウザメと考えられます。しかし、このチョウザメは二十世紀末までに乱獲されてしまい、現在ではロシア領ハバロフスクのツムニン川にしか生息していません。このチョウザメは潮《しお》の速い流れをやり過ごそうと岩かげに身をひそめ、長い間じっとしていることもあるそうです。

もう一つ、物語には「十字狐《じゅうじぎつね》」というおかしな呼び名の動物が登場してきますが、実は、これは「cross《クロス》 fox《フォックス》」という英語名からきているのです。十字狐は毛皮にするためにサハリンで飼育されていました。サハリンのきびしい気候も、十字狐にはぴったりだったので、大正十一年には百五十二匹の十字狐がサハリンの飼育施設にいた、ということです。

ぼくがここで作品中の登場者をわざわざくわしく説明した理由は、賢治にとって、動物や植物

を描くには正しい知識と正確な情報が必要だったからです。賢治の物語はファンタジーではなく、すべての生命を現実的に描いています。言いかえれば、賢治が自分の目で確認したとおりに描いている、ということです。

ぼくはこの本の物語や詩を読むみなさんに、次のことをぜひ忘れないでいてほしいと思います。それは、賢治の人生観は「地に足のついた」ものだった、ということです。賢治の世界は空想やシュールレアリスムの文学作品のように見えるかもしれません。でも、本当のところはそうではありません。

地球や宇宙の秩序は繊細で壊れやすい

賢治の世界は、生物であれ無生物であれ、すべての存在が「あるべきところにきちんとある」世界、つまり、「秩序」ある世界です。

しかし、土地はしだいに浸食されていきます。地面もせり上がって山になります。星も呼吸します。それに応じて、秩序も変化します。

実は、地球や宇宙の秩序は繊細で壊れやすいのです。しかし、この自然の秩序が変化する時間に比べれば、人間の寿命はあっという間なので、地震や津波、噴火や地すべりなどによって起こされる一瞬の変化をのぞけば、わたしたちの目の前にある現在の世界の秩序は、ほぼ不変のように見えます。だから、わたしたちは、このような秩序が実は壊れやすく、変化しやすいことになかなか気づくことができません。

　しかし、地球や宇宙が壊れ、変化することで、最も簡単にその影響を受け、すぐに壊れて消えてしまうのは、逆にわたしたち人間のほうです。なぜなら、人間は、この秩序の一部、しかもほんのごくささいな一部でしかないからです。そうならないために、二十一世紀のわたしたちは、賢治の言うように、自然科学を徹底的に使って、地球の歴史をあらゆる面から「ヨクミキキ《見聞き》シテ」調べ、理解する必要があるのです。

　こうした未来における危険性を賢治ははっきりと認識していました。だから、賢治はわたしたちにその真実を伝えたくてたまらなかったのだと思います。賢治が何よりも嫌《きら》っていたのは、人間がいまある足場を失い、崖の下に落ちてしまうことでした。これほどまでに賢治は人類を愛していたのです。

　タネリは母親の言いつけを守らず、クラゲを透《す》かして世界をながめてしまいます。でもそんなことをすれば、この物語の結末のように、わたしたちもほんとうにサハリンのチョウザメの「下《げ》男《なん》」になってしまうでしょう。でも、どのようにして「下男」という立場から逃げ出せばいいのかはだれにもわかりません。残念なことに、賢治はタネリの運命をわたしたちに教えてくれなかったからです。

　この物語はとてつもなく大きな「クエスチョンマーク」で幕を閉じます。そのクエスチョンマークは、二十一世紀を生きるわたしたちの頭の上に、いまだに大きく浮かんでいるのです。

サガレンと八月

「何の用でここへ来たの、何かしらべに来たの、何かしらべに来たの。」

西の山地から吹《ふ》いて来たまだ少しつめたい風が私の見すぼらしい黄いろの上着《うわぎ》をぱたぱたかすめながら何べんも通って行きました。

「おれは内地《ないち》の農林《のうりん》学校の助手《じょしゅ》だよ、だから標本《ひょうほん》を集《あつ》めに来たんだい。」私はだんだん雲の消《き》えて青ぞらの出て来る空を見ながら、威張《いば》ってそう云《い》いましたらもうその風は海の青い暗《くら》い波《なみ》の上に行っていていまの返事《へんじ》も聞かないようあとからあとから別《べつ》の風が来て勝手《かって》に叫《さけ》んで行きました。

「何の用でここへ来たの、何かしらべに来たの、しらべに来たの、何かしらべに来たの。」もう相手《あいて》にならないと思いながら私はだまって海の方を見ていましたら風は親切《しんせつ》にまた叫ぶのでした。

「何してるの、何を考えてるの、何か見ているの、何かしらべに来たの。」私はそこでとうとうまた言ってしまいました。

「そんなにどんどん行っちまわないでせっかくひとへ物《もの》を訊《き》いたらしばらく返事《へんじ》を待《ま》

っていたらいいじゃないか。」けれどもそれもまた風がみんな一語ずつ切れ切れに持《も》って行ってしまいました。もうほんとうにだめなやつだ、はなしにもなんにもなったもんじゃない、と私がぷいっと歩き出そうとしたときでした。向《む》うの海が孔雀石《くじゃくいし》いろと暗《くら》い藍《あい》いろと縞《しま》になっているその堺《さかい》のあたりでどうもすきとおった風どもが波のために少しゆれながらぐるっと集《あつま》って私からとって行ったきれぎれの語《ことば》を丁度《ちょうど》ぼろぼろになった地図を組み合せる時のように息《いき》をこらしてじっと見つめながらいろいろにはぎ合《あわ》せているのをちらっと私は見ました。

　また私はそこから風どもが送《おく》ってよこした安心《あんしん》のような気持《きもち》も感《かん》じて受《う》け取《と》りました。そしたら丁度《ちょうど》あしもとの砂《すな》に小さな白い貝殻《かいがら》に円《まる》い小さな孔《あな》があいて落《お》ちているのを見ました。つめたがいにやられたのだな朝からこんないい標本《ひょうほん》がとれるならひるすぎは十字《じゅうじ》狐《ぎつね》だってとれるにちがいないと私は思いながらそれを拾《ひろ》って雑嚢《ざつのう》に入れたのでした。そしたら俄《にわ》かに波《なみ》の音が強くなってそれは斯《こ》う云《い》ったように聞こえました。「貝《かい》殻《がら》なんぞ何にするんだ。そんな小さな貝殻なんど何にするんだ、何にするんだ。」

「おれは学校の助手《じょしゅ》だからさ。」私はついまたつりこまれてどなりました。するとすぐ私の足もとから引いて行った潮水《しおみず》はまた巻《ま》き返《かえ》して波になってさっとしぶきをあげながらまた叫《さけ》びました。「何にするんだ、何にするんだ、貝殻《かいがら》なんぞ何にするんだ。」私はむっとしてしまいました。

「あんまり訳《わけ》がわからないな、ものと云《い》うものはそんなに何でもかでも何かにしなけぁいけないもんじゃないんだよ。そんなことおれよりおまえたちがもっとよくわかってそうなもんじゃないか。」

するとが波《なみ》はすこしたじろいだようにからっぽな音をたててからぶつぶつ呟《つぶや》くように答えました。「おれはまた、おまえたちならきっと何かにしなけぁ済《す》まないものと思ってたんだ。」

私はどきっとして顔を赤くしてあたりを見まわしました。

ほんとうにその返事《へんじ》は謙遜《けんそん》な申《もう》し訳《わ》けのような調子《ちょうし》でしたけれども私はまるで立っても居《い》てもいられないように思いました。

そしてそれっきり浪《なみ》はもう別《べつ》のことばで何べんも巻《ま》いて来ては砂《すな》をたててさびしく濁《にご》り、砂を滑《なめ》らかな鏡《かがみ》のようにして引いて行っては一きれの海藻《かいそう》をただよわせたのです。

そして、ほんとうに、こんなオホーツク海のなぎさに座《すわ》って乾《かわ》いて飛《と》んで来る砂やはまなすのいい匂《におい》を送《おく》って来る風のきれぎれのものがたりを聴《き》いているとほんとうに不思議《ふしぎ》な気持《きもち》がするのでした。それも風が私にはなしたのか私が風にはなしたのかあとはもうさっぱりわかりません。またそれらのはなしが金字《きんじ》の厚《あつ》い何冊《さつ》もの百科辞典《ひゃっかじてん》にあるようなしっかりしたつかまえどこのあるものかそれとも風や波《なみ》といっしょに次《つぎ》から次と移《うつ》って消《き》えて行くものかそれも私にはわかりません。ただそこから風や草穂《くさぼ》のいい性質《せいしつ》があなたがたのこころにうつって見えるならどんなにうれしいかしれません。

＊

タネリが指《ゆび》をくわいてはだしで小屋《こや》を出たときタネリのおっかさんは前の草はらで乾《かわ》かした鮭《さけ》の皮《かわ》を継《つ》ぎ合せて上着《うわぎ》をこさえていたのです。「おれ海へ行って孔石《あないし》をひろって来るよ。」とタネリが云《い》いましたらおっかさんは太い縫糸《ぬいいと》を歯《は》でぷつっと切ってそのきれはしをぺっと吐《は》いて云いました。

「ひとりで浜《はま》へ行ってもいいけれど、あすこにはくらげがたくさん落《お》ちている。寒天《かんてん》みたいなすきとおしてそらも見えるようなものがたくさん落ちているからそれをひろってはいけないよ。それからそれで物《もの》をすかして見てはいけないよ。おまえの眼《め》は悪《わる》いものを見ないようにすっかりはらってあるんだから。くらげはそれを消《け》すから。おまえの兄さんもいつかひどい眼《め》にあったから。」「そんなものおれとらない。」タネリは云《い》いながら黒く熟《じゅく》したこけももの間の小さなみちを砂《すな》はまに下りて来ました。波《なみ》がちょうど減《ひ》いたとこでしたから磨《みが》かれたきれいな石は一列《いちれつ》にならんでいました。「こんならもう穴石《あないし》はいくらでもある。それよりあのおっ母《かあ》の云ったおかしなものを見てやろう。」タネリはにがにが笑《わら》いながらはだしでそのぬれた砂をふんで行きました。すると、ちゃんとあったのです。砂の一とこが円《まる》くぽとっとぬれたように見えてそこに指《ゆび》をあてでみますとにくにく寒天のようなつめたいものでした。そして何だか指がしびれたようでした。びっくりしてタネリは指を引っ込《こ》めましたけれども、どうももうそれをつまみあげてみたくてたまらなくなりました。拾《ひろ》ってしまいさえしなければいいだろうと思ってそれをすばやくつまみ上げましたら砂がすこしついて来ました。砂をあらってやろうと思ってタネリは潮水《しおみず》の来るとこまで下りて行って待《ま》っていました。間もなく浪《なみ》がどぼんと鳴ってそれからすうっと白い泡《あわ》をひろげながら潮水がやって来ました。タネリはすばやくそれを洗《あら》いましたらほんとうにきれいな硝子《ガラス》のようになって日に光りました。タネリはまたおっかさんのことばを思い出してもう棄《す》ててしまおうとしてあたりを見まわしましたら南の岬《みさき》はいちめんうすい紫《むらさき》いろのやなぎらんの花でちょっと燃《も》えているように見えその向《むこ》うにはとど松《まつ》の黒い緑《みどり》がきれいに綴《つづ》られて何とも云《い》えず立派《りっぱ》でした。あんなきれいなとこをこのめがねですかして見たらほんとうにもうどんなに不思議《ふしぎ》に見えるだろうと思いますとタネリはもう居《い》てもたってもいられなくなりました。思わずくらげをぷらんと手でぷら下げてそっちをすかして見ましたらさあどうでしょう、いままでの明るい青いそらががらんとしたまっくらな穴《あな》のようなものに変《かわ》ってしまってその底《そこ》で黄いろな火がどんどん燃《も》えているようでした。さあ大変《たいへん》と思ってタネリが急《いそ》いで眼《め》をはなしましたがもうそのときはいけませんでした。そらがすっかり赤味《あかみ》を帯《お》びた鉛《なまり》いろに変《かわ》ってい海の水はまるで鏡《かがみ》のように気味わるくしずまりました。

おまけに水平線《すいへいせん》の上のむくむくした雲の向《むこ》うから鉛いろの空のこっちから口のむくれた三疋《びき》の大きな白犬《しろいぬ》に横《よこ》っちょにまたがって黄いろの髪《かみ》をばさばさせ大きな口をあけたり立てたりし歯《は》をがちがち鳴らす恐《おそ》ろしいばけものがだんだんせり出して昇《のぼ》って来ました。もうタネリは小さくなって恐《おそ》れ入っていましたらそらはすっかり明るくなりそのギリヤークの犬神《いぬがみ》は水平線まですっかりせり出し間もなく海に犬の足がちらちら映《うつ》りながらこっちの方へやって来たのです。

「おっかさん、おっかさん。おっかさん。」タネリは陸《りく》の方へ遁《に》げながら一生けん命叫《めいさけ》びました。するとするで犬神はまるでこわい顔をして口をぱくぱくうごかしました。もうまるでタネリは食われてしまったように思ったのです。「小僧《こぞう》、来い。いまおれのとこのちょうざめの家に下男《げなん》がなくて困《こま》っているとこだ。ごち走《そう》してやるから来い。」云《い》ったかと思うとタネリはもうしっかり犬神《いぬがみ》に両足《りょうあし》をつかまれてちょぼんと立ち、陸地《りくち》はずんずんうしろの方へ行ってしまって自分は青いくらい波《なみ》の上を走って行くのでした。その遠ざかって行く陸地に小さな人の影《かげ》が五つ六つうごき一人は両手を高くあげてまるで気違《きちが》いのように叫《さけ》びながら渚《なぎさ》をかけまわっているのでした。

「おっかさん。もうさよなら。」タネリも高く叫《さけ》びました。するとするで犬神はぎゅっとタネりの足を強く握《にぎ》って「ほざくな小僧、いるかの子がびっくりしてるじゃないか。」と云ったかと思うとぽっとあたりが青ぐらくなりました。「ああおいらはもういるかの子なんぞの機嫌《きげん》を考えなければならないようになったのか。」タネリはほんとうに涙《なみだ》をこぼしました。

そのときいきなりタネリは犬神の手から砂《すな》へ投《な》げつけられました。肩《かた》をひどく打《う》ってタネリが起《お》きあがって見ましたらそこはもう海の底《そこ》で上の方は青く明《あか》るくただ一とこお日さまのあるところらしく白くぼんやり光っていました。

「おい、ちょうざめ、いいものをやるぞ。出て来い。」犬神は一つの穴《あな》に向《むか》って叫びました。

タネリは小さくなってしゃがんでいました。気がついて見るとほんとうにタネリは大きな一ぴきの蟹《かに》に変《かわ》っていたのです。それは自分の両手《りょうて》をひろげて見ると両側《りょうがわ》に八本になって延《の》びることでわかりました。「ああなさけない。おっかさんの云《い》うことを聞かないもんだからとうとうこんなことになってしまった。」タネリは辛《から》い塩水《しおみず》の中でぼろぼろ涙《なみだ》をこぼしました。犬神《いぬがみ》はおかしそうに口をまげてにやにや笑《わら》ってまた云いました。「ちょうざめ、どうしたい。」するとごほごほいやなせきをする音がしてそれから「どうもきのこにあてられてね。」ととても苦《くる》しそうな声がしました。「そうか。そいつは気の毒《どく》だ。実《じつ》はね、おまえのとこに下男《げなん》がなかったもんだから今日《きょう》一人見附《みつ》けて来てやったんだ。蟹にしておいたがね、ぴしぴし遠慮《えんりょ》なく使《つか》うがいい。おい。きさまこの穴《あな》にはいって行け。」タネリはこわくてもうぶるぶるふるえながらそのまっ暗《くら》な孔《あな》の中へはい込《こ》んで行きましたら、ほんとうに情《なさ》けないと思いながらはい込んで行きましたら犬神はうしろから砂《すな》を吹《ふ》きつけて追《お》い込むようにしました。にわかにがらんと明るくなりました。そこは広い室《へや》であかりもつき砂がきれいにならされていましたがその上にそれはもうとても恐《おそ》ろしいちょうざめが鉢巻《はちまき》をして寝《ね》ていました。（こいつのつらはまるで黒と白の棘《とげ》だらけだ。こんなやつに使《つか》われるなんて、使われるなんてほんとうにこわい。）タネリはぶるぶるしながら入口にとまっていました。するとちょうざめがううと一つうなりました。タネリはどきっとしてはねあがろうとしたくらいです。「うう、お前かい、今度《こんど》の下男は。おれはいま病気《びょうき》でね、どうも苦《くる》しくていけないんだ。（以下原稿空白）

第三章

あなたがいまここにいる意味と役割は無限である

日本の自然ほど多くのものが含まれているものはない。
その中には、宗教も、美術も、歴史も、文学も、潜在している。

白洲正子

「過去」だけでなく、「未来」も「現在」に埋《うず》もれている

右ページに引用した随筆家、白洲《しらす》正子の言葉がぼくは大好きです。彼女はたった十四歳でアメリカに留学しました。実業家の父は彼女にこう語っていたということです。「日本の文化を知らなければ、西洋人には太刀《たち》打ちできない」と。

ぼくは正子の意見に大賛成です。日本ほど自然に密着した文学や芸術を持つ国はないからです。芸術から自然を取り除いてみましょう。そうすれば、人間のあらゆる感情が色彩や趣《おもむき》、美や意義を失ってしまうでしょう。

でも、日本の自然にはもう一つの秘密があります。まさにそれこそ、賢治が暴《あば》いてみせたものだと思います。

ぼくの最も大切な宝物は一つの小さなクルミです。このクルミは、賢治の弟、宮沢清六さんが四〇年以上も前にぼくにくれたものなのです。これはその辺にあるクルミではなく、花巻の北上《きたかみ》川《がわ》の底から掘り出したクルミです。クルミの殻《から》にはでこぼこがあり、なかの空洞は今日のクルミほど大きくありません。実はこれ、バタクルミの化石です。

夏のあいだ、賢治は農場で実習をしました。その合間《あいま》に、賢治は学生と「イギリス海岸」に行き、そこでゆっくりとくつろいだりしました。

「ある時私たちは四十近くの半分炭化したくるみの実を拾《ひろ》ひました。」と賢治は報告します。

ほとんどの人なら、そのクルミを川へ投げ捨てたはずです。ところが、賢治は好奇心を刺激され、「これは何だろう？」と考えました。

人類誕生以前の川や湖、海や山、砂漠や森がどのような形をしていたのかという遠い過去の物語は、現在の地球に埋《うず》もれたままです。だから、化石を研究する人がいるのです。

でもわたしたち人間は、未来の地球も、自分の目の前や足元、頭上に埋もれたままだという事実(もちろん、この事実はウソではありません)を認めてきたでしょうか？

わたしたちは焚《た》き木を得るために木を切ったり、食べ物を得るために動物を殺したりします。あるいは、わたしたちは山を壊して家を建てたり、海の沿岸に原子力発電所を建てて電気を作ったりします。こうした行動のすべてが地球の未来に影響することを、わたしたちはきちんと理解しているでしょうか？　一服《いっぷく》の呼吸、一歩の歩み、何かにちょっと触れるという行為も、そのすべてが地球の未来に影響することを、わたしたちはほんとうに理解しているでしょうか？

この問いに対するぼくの答えは否定的なものです。ただ、福島第一原発で大惨事が起こったために、わたしたちはいくらか無知や無関心を改めることになりました。それでも、地球の存続という点で、自分が人類史上最も危険な時代に生きていることを、わたしたちは完全には理解していないのではないかと思います。

過去にも、わたしたちは環境に小さな変更をたくさん加えました。たとえば、森林を切り払ったり、湖を汚したり、不快で危険な化学物質で大気を汚染したりといったことです。しかし、わたしたちの自然破壊は、人口が現在ほどは多くなかったり、テクノロジーがあまり発達していなかったりといった理由で、ある程度抑えられていました。

しかし、いまや、世界の人口は七十億になり、八十億や九十億にせまる勢いで増えています。しかも、テクノロジーの驚異的な進歩によって、さまざまな汚染は水中や大気中を何千キロも移動し、とてつもなく広い地域に壊滅的な被害を与えるようになりました。

さらに悪いことに、こうした驚異的なテクノロジーが、地球上の数多くの国家だけでなく、もっと小さな集団、特に地球の幸福よりも自分の政治的信念や宗教的原理を重視する集団にも行き渡っています。

賢治の作品から、現代に通用するメッセージを絞り出すことが必要だ

ところで、賢治はどのような視点から「未来」を捉えようとしたのでしょうか？

賢治のこの視点を理解するのはとても難しいと思います。それは「狂信」と呼んでいいほどの「宗教的な情熱」にがんじがらめになっているからです。どの言語にも見られる現象ですが、一〇〇年経てば、言葉遣いも古臭くなったりします。

しかし、作家や芸術家が時代遅れになる理由は、決して言葉遣いだけがすたれるからではありません。

たとえば、画家、ヨハネス・フェルメールの絵画には、手紙を読んだり書いたりしている女性がよく登場します。もちろん、彼女たちは十七世紀ならではの服を着ています。彼女たちは長い

船旅に出た夫たちに手紙を書きます。しかし、当時はその手紙が彼らに届くまで一年かかることもありました。当然、彼らの返事も彼女たちに届くまで一年はかかったかもしれません。

一方、一回クリックすれば電子メールを送ることができる現代では、わたしたちは返信メールもすぐに返ってくると思いこんでいます。しかも、「スカイプ」を使えば、話し相手が世界のどこにいようとも、電話だけでなく、相手の顔さえ見ることができます。

おたがいの時代にこれだけのちがいがあるからこそ、わたしたちはフェルメールの絵を味わうとき、現代に通用するものだけを絞り出さなければならないのです。フェルメールの絵に描かれている女性の心境や寂《さび》しさは、三百数十年前の事実と現在の事実のあいだにある壁を一瞬のうちに越え、ぼくらの心を動かします。

ぼくが第二章で強調したのはこの点です。わたしたちは過去の「絞りかす」を捨てなければいけません。現代に生きるわたしたちの役に立たない思想は不必要だ、とぼくは考えています。

水や光には、過去と未来からのメッセージが含まれている

その立場に立てば、生物か無生物かを問わず、自然に存在するあらゆるものはわたしたちと同じ運命を共有していると捉えなければ、未来は存在しない、と賢治は教えているにちがいありません。

「水」とは何か?

こう聴かれたら、ほとんどの人がこう答えるでしょう。水はわたしたちが生きていくために飲むもの、すべての生物にとって欠かすことのできない液体だ、と。だから、太陽系のほかの惑星に移住できるかどうかを調べようとするとき、わたしたちは真っ先に水を探します。

でも賢治にとって、水は、時間の流れのなかでとても大事な役割も果たしています。

もう一度、あのプリオシン海岸へ戻りましょう。そこで「学者らしい人」は、ジョバンニたちにこう言います。

「いま川の流れているとこに、そっくり塩水が寄せたり引いたりもしていたのだ。……ぼくらからみると、ここは厚い立派な地層で、百二十万年ぐらい前にできたという証拠《しょうこ》もいろいろあがる……。」

川の流れ、つまり水を正確に調べることで、昔そこは海だったという過去の姿がわかるのです。

いま火星を探検しているNASAの探査機キュリオシティーも同じような証拠を探しています。過去に火星に水があったかどうか？　あったならば、なぜいまそれが消えてしまったのか？　それがわかれば、未来の地球が同じ悲劇的な運命に陥《おちい》らないようにするにはどうすればいいのかが、わかるかもしれません。わたしたちは宇宙全体と一蓮托生《いちれんたくしょう》の状態です。宇宙の過去は、まさにわたしたちの未来なのです。

では、「風」とは何か？

ふつう、わたしたちは単純にこう答えるでしょう。それは空気の動きだ、と。でも、賢治にとって、風は、水同様、人間と自然とをコミュニケーションさせる媒体でもあります。それは、あの不思議な少年、風野又三郎《かぜのまたさぶろう》の存在がその事実を語ってくれます(「風野」は、又三郎の苗字《みょうじ》です)。

「光」とは何か?

わたしたちは光をさまざまに定義することができます。でも、賢治にとっては、光は時間と空間に存在するあらゆる現象をカタログ化する媒体なのです。簡単にいえば、光のおかげで、わたしたちは過去や現在、未来を同時に見わたすことができます。

賢治の作品の一つに、『この森を通りぬければ』というすばらしい詩があります。そのなかにこんな描写があります。

ここは大きなひばの林で
そのまっ黒ないちいちの枝から
あちこち空のきれぎれが
いろいろにふるへ《え》たり呼吸したり
云《い》はば《わば》あらゆる年代の
光の目録《カタログ》を送ってくる

つまり、宇宙から来る光を分析すれば、それはどこから来たかというだけではなく、過去のいつ発せられた光なのか、ということがわかります。現在の地球に届く光は、実際、過去のあらゆる時代の光が混合されているということです。そうやって、宇宙の歴史そのものは光に乗ってやってくるのです。

なぜ賢治は水を調査したり、風を分析したり、光を解剖したりしたのか

水や風や光という媒体は、いったいどのように過去から現在、現在から未来へとメッセージを伝えるのか。

このなぞを解き明かすために、賢治は水を調査したり、風を分析したり、光を解剖したりしたのだと思います。

それらの媒体を科学的に調べれば、そのなかに含まれている情報と知恵がわかる。その知識を利用すれば、過去の地球がどんなものだったのか、未来の地球はどんなものになるのかもわかる。こうして、自然の正しい知識こそが、自然との対話の基本になります。賢治は、本当の意味で風《ふう》月《げつ》を友としたのです。

しかし、これらの水、風といったきわめて大切な媒体、すなわち、賢治の言うように、過去と現在と未来の知恵と情報をたくさん含んでいる媒体は、いま、どんどん破壊されつつあります。

そして、その危機が、世界中の国々を悩ませています。

東日本大震災の原発事故のせいで、現在、日本の水や風は、命をおびやかす放射線を世界中に

運んでいます。いつのまにか地球のオゾン層におけるオゾンの濃度が減少して太陽からの紫外線の量が増大し、結果として温暖化が進んでいます。二酸化炭素の排出も同じ効果を生み出します。この温暖化のため、太陽の光が地球の表面の温度を上昇させ、自然界の微妙なバランスを破壊しつつあるのです。

生活をよりよいものにできると思いこんで、わたしたち人間が、これらの媒体を自分たちに都合のいいように扱ってきたために。

地球が持っている尊厳を損《そこ》なってはいけない

水や風というきわめて大切な媒体をもてあそんできたせいで、わたしたちはこれらの役割を逆転させてしまいました。いまや、これらの媒体は人間に逆らうようになってしまっています。もちろん、わたしたちは環境破壊を食い止めるために、科学や政治、経済的な手段を取ることもできます。しかし、こうした手段に、長期にわたって効果の見込めるものはないと思います。

実際、この問題の解決策は一つしかないでしょう。そして、その解決策のヒントは、賢治が作品に込めたメッセージのなかにあると思います。

賢治は現実ばなれした理想主義者ではありませんでした。人類は進歩をあきらめるべきだ、などと主張するつもりもありませんでした。人類は経済成長をあきらめ、「古き良き時代」の田園詩風のロマンチックな生活スタイルに戻るべきだと信じている人は、人間のニーズを完全に誤解しています。賢治の目標は岩手の農民の生活を豊かにすることだけでした。賢治は未来志向の農学者で、収穫を増やす、よりすぐれた方法を考え続けました。

わたしたちはエネルギーを効率的に開発しなければなりません。資源を輸入にたよっている日本は特にその必要があるでしょう。だからといって、問題の解決策は石炭や石油、天然ガスやウランといったエネルギーにあるわけではありません。

現在、こうしたエネルギーが多くの国の経済を支えていますが、これらは環境に破滅的な被害をもたらすエネルギーだからです。解決策になるのは、地球の環境を破壊せず、地球が持つ尊厳を損なわないような再生可能なエネルギーだけにちがいありません。

こうしたエネルギーのなかで現在最も大切なものは、太陽光、風力、地熱、波力の四つでしょう。つまり、水や風や光を利用することです。そうすれば、地球を破壊したり、地球の尊厳も損なうことはありません。賢治もそう考えていたはずです。

でも、これらのエネルギーは「お金がかかりすぎる」といわれます。しかし、そう批判する人々はどんなお金のことを問題にしているのでしょうか？

日本でいえば、福島県から放射性物質を取り除くお金でしょうか？　仕事を失った働き者の漁師や農民といった、たくさんの労働者の収入を埋め合わせるお金でしょうか？　放射能に汚染された風によって自宅から避難しなければならない人にそれなりの生活を約束するお金でしょうか？

一九八六年四月、ウクライナのチェルノブイリで起こった事故に関しても同じことが言えます。日本に限らず、もし世界がこのまま原発を使いつづけ、再び東日本大震災のときのような大惨事が起きた場合、どれほどたくさんのお金があったところで、こうした人々が生まれ育った土地で生活するための権利や、それを奪ってしまったことへの損害を埋め合わせることはできないでしょう。だから、わたしたちは原子力発電所を動かしたり、温暖化をさらに押し進める石炭を燃やしたりして電気を作る前に、こうしたお金や地球への悪影響について考える必要があります。

ぼくは父親として四人の子どもをかかえています。そのぼくにとって、最悪のシナリオとは、汚染や汚濁でぼろぼろになった地球を子どもや孫にゆずり渡すことです。自分の子どもや孫だけではなくて、みなさんの子どもや孫にも。そのとき、彼らがぼくらの犯した罪をなじるのは当たり前でしょう。

では、なぜ、世界中の大企業の経営者は地球を破壊するエネルギーをわざわざ選ぶのでしょうか？　賢治のものの見方では、こうした発想は間違っているだけでなく罪にもなるというのに。

「保護」という言葉には、人間の「驕《おご》り」が潜んでいる

ぼくは、ここで「地球保護」や「環境保護」が大切だと言っているのではありません。そして、賢治が考えていたこともそれとはちがいます。

「保護」という言葉の裏には、人間は自然を征服し、コントロールできる存在であるという、人間優位の「驕り」の意識が強くにじみ出ているからです。この人間優位の「驕り」の意識は、「動物保護」という言葉にも現れています。

もし自然や地球や動物が人間の言葉をしゃべれたとしたら、きっとこう言うでしょう。「なにをえらそうに。われわれはわざわざ人間などに『保護』してもらう必要などない。余計なお世話、勘《かん》違いもはなはだしい」

いずれにせよ、人間には、動物や自然や地球を征服したり、コントロールしたりすることなど永遠に不可能なのです。

賢治もそう考えていたにちがいありません。彼が常に考えていたのは、宇宙に存在するあらゆるものが持っている「尊厳」である、とぼくは思います。

賢治が思索や試行錯誤やその作品を通して最終的に達した結論とは、人間と同じように、動物にも植物にも、その他の自然の生物や無生物にも、そこには存在することの大切な「意味」と理由と役割と尊厳がある。だからこそ、それに対してまったく平等に畏敬《いけい》の念を抱き、大切にしなければいけない。そうしなければ、自分たち人間の存続自体が不可能なのだ、ということだと思います。

冒頭で引用した白洲正子の言葉は、とても美しいものです。彼女の言葉通り、自然を破壊すれば、文化や国民の生活までも破壊され、失われることになるでしょう。

ただし、わたしたちは彼女の言葉にもうひと言付け加えるべきです。それは自然こそがわたしたちの道徳の「容《い》れ物《もの》」だということです。自然が持つ尊厳を破壊すれば、人間の良心や思いやり、愛情までもが破壊され、失われることになるからです。

日本のみならず、世界のなかで賢治以上にこの真実をよく理解していた作家はいませんでした。

だからこそ、世界中の人々は賢治をもっと知るべきなのです。

自然を破壊すれば、滅ぶのは人間である――『風景とオルゴール』

自然のなかでの人間のあるべき役割を捉えた作品

賢治は空想小説を書く作家ではありませんでした。それどころか、彼は徹底的な「現実主義者」だったと思います。

たしかに、賢治は革命的な考え方をする人でした。そして、絶対に達成できない理想も持っていたと思います。しかし、こうした特徴はあらゆる革命家にあてはまることです。

その一方で、賢治は現実的な農学者そのものでした。だから、彼は農作業で自分の手を泥まみれにしようとしました。人間は外に出て、全力で自然と触れあわなければならない。そうして初めて、自分たち人間の宇宙における居場所がわかるのだ。これが賢治の信念でした。

『春と修羅　第三集』のなかに収められ、一九二六年五月二日に書かれた『春』という詩で、賢治は自分が農夫になったと宣言しています。

思い出してください。賢治は農家の生まれではありませんでした。実際に、彼の父は質屋を営んでいました(そして、賢治がこの詩を書いたころには、その質屋は雑貨屋に変わっていました)。ところが、賢治は農民に共感し、農民の苦しみをあわれむだけでなく、自分も彼らといっしょに働き、本当の農民になりたいと思っていました。この詩からそれがよくわかる部分を引用してみます。

ぎちぎちと鳴る　汚ない掌《てのひら》を、
おれはこれからもつことになる

「ぎちぎち」という音で、賢治はかわききった土をいじる手の様子を表現しています。賢治の擬声《ぎせい》語や擬態《ぎたい》語、擬情《ぎじょう》語には特別な音楽性があると思います。そうした音楽性については、この『風景とオルゴール』という詩の音読を聴くとわかるはずです。ぼくは賢治の詩の音読ならどんなものでも大好きですが、音楽性という点から見れば、ぼくはこの詩に一番感動を覚えます。

すでに、ぼくはこう言いました。賢治は五感すべてを働かせて、自然とそのなかでの人間の立ち位置を捉えようとする、と。この詩はそれを示すのにぴったりな例だと思います。

この詩のなかで賢治が聴いている音楽は、風にゆれる電線が奏《かな》でています。風が呼ぶ声に、電線はこう答えているかのようです。

「わたしたちはこんなに厳しい寒さでも、ちゃんと仕事をしているのですよ」と。

馬に乗って現れる農夫も、この風景とみごとに融合しています。

農夫は、風景に溶け込んでいます。賢治はそれを、化学用語の「融合」を使って表現していますが、この詩は、わたしたちに印象主義のような絵画を見せているように思います。

しかも、この詩における賢治の光の描き方は、まさに名人芸です。わたしたちは農夫（と曖昧な馬）も風景のなかの「もの」として捉えることでしょう。ぼくの知るかぎり、賢治ほどユニークに美しい光を描く作家は、世界でも他に見当たりません。

わたしたちには、過去、現在、未来に対して果たすべき役割がある

この詩の本質は、次に紹介する部分にあると思います。
この詩の舞台になる「自然」こそが、賢治のメッセージを伝える媒体なのです。

わたくしはこんな過透明《かとうめい》な(=透明すぎる)景色のなかに
松倉山《まつくらやま》や五間森《ごけんもり》荒つぽい石英安山岩《デサイト》の岩頸《がんけい》(=浸食によって塔のようになった溶岩)から
放たれた剽悍《ひょうかん》な(=すばしこく、荒々しい)刺客《しかく》に
暗殺されてもいいのです

ここで賢治は、石英安山岩は「岩の破片」の刺客を送って自分を暗殺するかもしれないと言っています。この岩は小さな星のようにきらきらと輝く石英をふくんだ火山岩です。
引用した部分のキーワードは「刺客」です。賢治は自分が自然の「恨《うら》み」を買っているのを知っているのです。木を切りたおせば、自然は傷つきます。だから、自然からうばい取ったものはすべて、それを元の状態に戻したり再生したりしなければならない、と賢治は考えていたにちがいありません。そうしなければ、自然は「刺客」を送って人間に復讐してくると。

賢治は現実主義者だったので、新しい資源やエネルギーを岩手の人のためになんとか開発したいと思っていました。しかし、それには、自然をちょっといじったり壊したりしなければならない、と賢治は知っていたはずです。

一方で、賢治はこう痛感していました。自然を完全に破壊したり、元の状態に戻せないほど汚染したりすれば、人間の損失は取りかえしのつかないものになる、と。

この世界に存在するあらゆるものは、有機物(生物)であるか無機物(無生物)であるかを問わず、地球と宇宙の過去や現在、未来に対して果たすべき役割を持っています。だから、それぞれがその役割を果たせるように、わたしたちは気をつけなければならないのです。人間が手つかずの自然を汚してしまえば、自然の「刺客」によって暗殺されてしまうでしょう。要するに、わたしたちにとって、自然を破壊することは一種の自殺行為なのです。

「資源(resource《リソース》)」という英単語自体がこのことを表しています。return《リターン》「戻す」やrebuild《リビルド》「再び建てる」といった英単語と同じように、resourceの接頭辞re《リ》は「再び(again《アゲイン》)」を意味しています。source《ソース》という英単語は、たとえば、川や小川から「上がる」、「押し寄せる」ことという意味のラテン語に由来しています。つまり、川の水を汚せば、汚れた水が再び押し寄せてきて、自然全体が取り返しのつかないものにならないよう、わたしたちは資源を尊重しなければならないのです。地球とは使い捨ての商品ではありません。

この詩の終わりの二行に注目してください。

（しづまれしづまれ五間森
木をきられてもしづまるのだ）

ここで、賢治は自分が邪険《じゃけん》にあつかってきた自然に落ちつきを取り戻すよう求めているのです。彼は自然にこう言います。

「心配するな。きみをずっといじめるつもりはないんだ。ほかのところに木を植えて、おれの『罪』をつぐなうよ」と。

『風景とオルゴール』は、賢治が二十一世紀に生きるわたしたちに最も力強いメッセージを送ってくる作品の一つです。この作品で、賢治はわたしたちに、使った資源は必ずもとに戻さなければならない。そして、いまでいう「再生可能エネルギー」を見つけなければならない、と迫っています。太陽熱であれ、地熱であれ、風力であれ、波力であれ、再生可能エネルギーは、自然をできるかぎり自然のままにしておけるエネルギーだからです。

これこそが、『風景とオルゴール』に込められた賢治のメッセージだと思います。わたしたち人間がこれからも地球上で存在し続けたいなら、このメッセージを無視してはいけません。

それでは、『風景とオルゴール』をぜひ音読してみてください。それは日本語で書かれた最も美しい音楽を再生することでもあります。

風景とオルゴール

爽《さわや》かなくだもののにほひ《におい》に充《み》ち
つめたくされた銀製の薄明穹《はくめいきゆう》（＝日没後あるいは日の出前の、薄明るい空）を
雲がどんどんかけてゐ《い》る
黒曜《こくよう》ひのきやサイプレス（＝糸杉。セイヨウヒノキ）の中を
一疋《びき》の馬がゆつくりやつてくる
ひとりの農夫が乗つてゐる
もちろん農夫はからだ半分ぐらゐ
木《こ》だちやそこらの銀のアトムに溶《と》け
またじぶんでも溶けてもいいとおもひ《い》ながら
あたまの大きな曖昧《あいまい》な馬といつしよにゆつくりくる
首を垂れておとなしくがさがさした南部馬《なんぶうま》
黒く巨《おお》きな松倉山《まつくらやま》のこつち《こっち》に
一点のダアリア（＝ダリア）複合体

その電燈の企画《プラン》なら
じつに九月の宝石である
その電燈の献策者《けんさくしゃ》(＝計画立案者)に
わたくしは青い蕃茄《トマト》を贈る
どんなにこれらのぬれたみちや
クレオソートを塗つたばかりのらんかん《欄干》や
電線も二本にせものの虚無《きょむ》のなかから光つてゐるし
風景が深く透明にされたかわからない
下では水がごうごう流れて行き
薄明穹の爽かな銀と苹果《りんご》とを
黒白鳥《くろはくちょう》のむな毛の塊《かたまり》が奔《はし》り
《ああ　お月さまが出てゐます》
ほんたうに鋭《と》い秋の粉や
玻璃末《はりまつ》(＝水晶の破片)の雲の稜《りょう》に磨かれて
紫磨銀彩《しまぎんさい》(＝紫を帯びた銀色)に尖《とが》つて光る六日の月
橋のらんかんには雨粒がまだいつぱいついてゐる
なんといふこのなつかしさの湧《わ》きあがり

水はおとなしい膠朧体《こうろうたい》（＝コロイド状）だし
わたくしはこんな過透明《かとうめい》な景色のなかに
松倉山や五間森《ごけんもり》荒つぽい石英安山岩《デサイト》の岩頸《がんけい》から
放たれた剽悍《ひょうかん》な刺客《しかく》に
暗殺されてもいいのです
　（たしかにわたくしがその木をきつたのだから）
　（杉のいただきは黒くそらの椀《わん》を刺し）
風が口笛をはんぶんちぎつて持つてくれば
（気の毒な二重感覚の機関）
わたくしは古い印度《インド》の青草《あおくさ》をみる
崖にぶつつかるそのへんの水は
葱《ねぎ》のやうに横《よ》に外《そ》れてゐる
そんなに風はうまく吹き
半月の表面はきれいに吹きはらは《わ》れた
だからわたくしの洋傘《ようがさ》は
しばらくぱたぱた言つてから
ぬれた橋板《はしいた》に倒れたのだ

松倉山松倉山尖《とが》つてまつ暗な悪魔蒼鉛《そうえん》の空に立ち
電燈はよほど熟《じゅく》してゐる
風がもうこれつきり吹けば
まさしく吹いて来る劫《カルパ》(=宇宙が誕生し消滅するまでのとてつもなく長い時間)のはじめ
の風
ひときれそらにうかぶ暁《あかつき》のモテイ《イ》ーフ
電線と恐ろしい玉髄《キャルセドニ》(=石英の細かい結晶)の雲のきれ
そこから見当《けんとう》のつかない大きな青い星がうかぶ
(何べんの恋の償ひ《つぐない》だ)
そんな恐ろしいがまいろの雲と
わたくしの上着はひるがへ《え》り
(オルゴールをかけろかけろ)
月はいきなり二つになり
盲ひた《めしいた》黒い暈《かさ》をつくつて光面《こうめん》を過ぎる雲の一群
(しづまれしづまれ五間森
木をきられてもしづまるのだ)

自分と他人のなかにある「悪」を抱きしめよ——『虔十公園林《けんじゅうこうえんりん》』

賢治がなりたいと願った理想の人物、虔十

賢治が書いた最も自伝的な物語を二つ挙げるとすれば、それは『グスコーブドリの伝記』と、この『虔十公園林《けんじゅうこうえんりん》』でしょう。でも、この二つを比べると、『虔十公園林』の主人公のほうが性格や行動だけでなく、名前も賢治によく似ています。賢治はこの物語に「宮沢賢治の伝記」というタイトルをつけても問題なかったのではないか、とぼくは考えています。

虔十はちょっと「でくの坊」で、「大きな子ども」といった人物です。子どもが森で楽しそうに遊んでいるのを見ると、彼は興奮します。虔十は賢治がなろうとした理想の人物だったのでしょう。虔十こそが、雨に打たれながらもまったく動じない人になりたいと、『雨ニモマケズ』で語った賢治の願いを実現した人物だと思います。

しかし、虔十の行く手に、平二《へいじ》という悪党が立ちふさがります。この物語で、賢治は「勧善懲《かんぜんちょう》悪《あく》」というお決まりの方法を取らずに、彼ならではのやり方で善と悪のぶつかり合いを描いています。

賢治の世界では、善は悪と戦おうとしません。善は悪を抱きしめるのです。抱きしめる力があまりに強いので、虔十の「陽《よう》」と平二の「陰《いん》」は一つになります。彼ら二人は同時に病気で寝込

んでしまいます。しかも、一緒に亡くなってしまうのです。平二の悪は虔十の持つ善の力に抵抗できませんでした。同じように、虔十の善も平二の持つ悪の力に抵抗できず、二人は一緒に死んでしまうのです。

わたしたちの存在は、悪と切り離せない関係にある

賢治の物語は「勧善懲悪」とはことなっています（ただし、まれに『オツベルと象』のような例外もあります）。そもそも「勧善懲悪」というものは、道徳的な教訓をわかりやすく提供するために、作家が利用する方法です。そして、読者は悪を破壊するヒーローを見て、ああよかったと一種の満足感を覚えるでしょう。しかし、わたしたちはそのためにまちがった種類の満足感をえてしまうこともあります。

たしかに、わたしたちは悪者が罰をうけたり、死んでしまったりするのを期待します。ハリウッド映画では、悪者は基本的にむごたらしい最期《さいご》を迎えます。悪者の最期は、彼らが映画のなかで他人にどれだけ残虐なことをしてきたかによって決まります。ハリウッド映画の製作者や観客から見れば、そのような最期は「目には目を、歯には歯を」という原則通りの、当然の報いなのでしょう。

でもこういった映画の観客や物語の読者のなかには「自分は善玉ではなく悪玉に似ているかもしれない」と考える人はいるのでしょうか？

もちろん、答えは「ノー」でしょう。観客や読者は、どうしても善玉に肩入れしてしまうからです。善玉が彼らの民族や国家の英雄であれば、なおさらでしょう。だから、おぞましい悪玉がやっつけられて死ぬと、観客や読者は「善」の勝利に満足するだけでなく、われわれの民族や国家こそが善であるという、心地よい独善的な気分になるのです。

しかし、わたしたちの存在が悪と切っても切り離せない関係にあるのを賢治はよく知っていました。当の賢治も罪の意識に深く悩んでいました。だから、賢治は人生をかけて「究極の善」をなそうとし、全力で「悪」を抱きしめ、窒息させようとしたのだと思います。

人間とは、不完全で弱いものである

しかし、ぼくには、賢治はここでもっと重要なメッセージを発しているように思えます。つまり、「悪」というのは、賢治自身、つまり「わたし」自身、「あなた」自身のなかにも存在している。どんな善人にも、聖人といわれるお坊さんや神父のなかにも、小さな「悪」が存在している。賢治が抱きしめようとしたのは、なにも平二や悪者の持つ他人の「悪」だけではなく、自分のなかに潜《ひそ》み、あわよくば自分の善をこわしてしまおうと企んでいる「悪」ではないか、と思います。

人間というのは、弱い存在です。神さまではないのだから、完璧な人間、完璧な善人などいるはずがありません。

子どもだけではありません。いい歳の大人でさえ、何か誘惑があったり、だれかにそそのかされたり、油断をしたりすれば、自分のなかの「善」が「悪」に負けてしまいます。

自分にも他の人にも、いつだって平二のような人間になってしまう可能性がある、ということです。

だから、賢治は、そんな不完全で弱い、あるがままの自分や他者の存在を認めたうえで、その存在を抱きしめようとしたにちがいありません。

つまり、賢治の作品に出てくる悪党や悪者(ここでは、平二)は、賢治自身でもあり、わたしたち自身でもある、とぼくは思います。

虔十が亡くなってから二十年ぐらい経って、大学の先生がアメリカ留学から帰ってきます。

その虔十といふ《いう》人は少し足りないと私らは思ってゐ《い》たのです。いつでもはあはあ笑ってゐる人でした。毎日丁度この辺に立って私らの遊ぶのを見てゐたのです。この杉もみんなその人が植ゑ《え》たのださうです。

ここで、賢治の生きた時間軸を見てみましょう。彼の没後二〇年にあたるのは、一九五三年ごろ。まさに、この一九五三年に、大学の先生は花巻に帰ってきます。ちなみに、一九五三年とは賢治の作品が日本で初めて正しい評価を受けるようになった時期でもありました。虔十と同じように、賢治も死後しばらくして、業績にふさわしい評価を受けたのです。
『虔十公園林』に登場する先生は、「あゝ《ああ》全くたれ《誰》が賢くないかはわかりません。」と言います。先生のこの発言は、虔十や賢治だけでなく、時代の先を生きた人物全員にあてはまる真実を語っているのではないでしょうか。未来を正直に告白できる「ほんとうの予言者」は、現世では苦しまなければならないかもしれません。一般の人々はそういう予言者を、理想主義者やばか者、でくの坊だと考えるからです。ときには、彼らは予言者を危険人物だと考えてしまうことさえあります。

賢治の時代の人々は、彼を危険人物だとまでは考えなかったでしょうが、理想主義者やばか者、もしかしたら、でくの坊だとは思っていたはずです。

ところで、賢治はそうしたまわりの評価を気にすることなどなかったのでしょうか？　いや、おそらくとても気にしていたと思います。しかし、それも時間が解決してくれると賢治は悟っていた、とぼくは考えています。

虔十公園林

虔十《けんじゅう》はいつも縄《なわ》の帯をしめてわらって杜《もり》(=森)の中や畑の間をゆっくりあるいてゐ《い》るのでした。

雨の中の青い藪《やぶ》を見てはよろこんで目をパチパチさせ青ぞらをどこまでも翔《か》けて行く鷹《たか》を見付《みつ》けてははねあがって手をたゝ《た》いてみんなに知らせました。

けれどもあんまり子供らが虔十をばかにして笑《わ》ふ《う》ものですから虔十はだんだん笑《わ》はないふりをするやう《よう》になりました。

風がどうと吹いてぶなの葉がチラチラ光るときなどは虔十はもううれしくてうれしくてひとりでに笑へ《え》て仕方ないのを、無理やり大きく口をあき、はあはあ息だけついてごまかしながらいつまでもいつまでもそのぶなの木を見上げて立ってゐるのでした。

時にはその大きくあいた口の横わきをさも痒《かゆ》いやうなふりをして指でこすりながらはあはあ息だけで笑ひました。

なるほど遠くから見ると虔十は口の横わきを掻《か》いてゐるか或《ある》いは欠伸《あくび》でもしてゐるかのやうに見えましたが近くではもちろん笑ってゐる息の音も聞えましたし唇《くちびる》がピク

ピク動いてゐるのもわかりましたから子供らはやっぱりそれもばかにして笑《い》ひました。

おっかさんに云《い》ひつけられると虔十は水を五百杯でも汲《く》みました。一日一杯畑の草もとりました。けれども虔十のおっかさんもおとうさんも仲々《なかなか》そんなことを虔十に云ひつけようとはしませんでした。

さて、虔十の家のうしろに丁度《ちょうど》大きな運動場ぐらゐの野原がまだ畑にならないで残ってゐました。

ある年、山がまだ雪でまっ白く野原には新らしい草も芽を出さない時、虔十はいきなり田打《たう》ち(＝田を耕すこと)をしてゐた家の人達の前に走って来て云ひました。

「お母《があ》、おらさ杉苗《すぎなえ》七百本、買って呉《け》ろ。」

虔十のおっかさんはきらきらの三本鍬《さんぼんぐわ》を動かすのをやめてじっと虔十の顔を見て云ひました。

「杉苗七百ど、どごさ植《う》ゑらぃ。」

「家のうしろの野原さ。」

そのとき虔十の兄さんが云ひました。

「虔十、あそごは杉植ゑでも成長《おが》らなぃ処《ところ》だ。それより少し田でも打って助《す》けろ。」

虔十はきまり悪さう《そう》にもぢもぢして下を向いてしまひ《しまい》ました。

すると虔十のお父さんが向ふ《むこう》で汗を拭《ふ》きながらからだを延ばして

「買ってやれ、買ってやれ。虔十ぁ今まで何一つだて頼んだごとぁ無ぃがったもの。買ってやれ。」と云ひましたので虔十のお母さんも安心したやうに笑ひました。

虔十はまるでよろこんですぐにまっすぐに家の方へ走りました。

そして納屋《なや》から唐鍬《とうぐわ》を持ち出してぽくりぽくりと芝を起《おこ》して杉苗を植ゑる穴を掘りはじめました。

虔十の兄さんがあとを追って来てそれを見て云ひました。

「虔十《けんじゅう》、杉ぁ植《うえ》る時、掘らなぃばわがなぃんだぢゃ。明日まで待て。おれ、苗買って来てやるがら。」

虔十はきまり悪さうに鍬《くわ》を置きました。

次の日、空はよく晴れて山の雪はまっ白に光りひばりは高く高くのぼってチーチクチーチクやりました。そして虔十はまるでこらへ《こらえ》切れないやうににこにこ笑って兄さんに教へられたやうに今度は北の方の堺《さかい》から杉苗の穴を掘りはじめました。実にまっすぐに実に間隔正しくそれを掘ったのでした。虔十の兄さんがそこへ一本づつ苗を植ゑて行きました。

その時野原の北側に畑を有《も》ってゐる平二《へいじ》がきせるをくはへて《くわえて》ふところ手をして寒さうに肩をすぼめてやって来ました。平二は百姓も少しはしてゐましたが実はもっと別の、人にいやがられるやうなことも仕事にしてゐました。平二は虔十に云ひました。

「やぃ。虔十、此処《ここ》さ杉植るなんてやっぱり馬鹿《ばか》だな。第一おらの畑ぁ日影《ひかげ》にならな。」

虔十は顔を赤くして何か云ひたさうにしましたが云へないでもぢもぢしました。

すると虔十の兄さんが、

「平二さん、お早うがす。」と云って向《むこ》ふに立ちあがりましたので平二はぶつぶつ云ひながら又のっそりと向ふへ行ってしまひました。

その芝原へ杉を植ゑることを嘲笑《わら》ったものは決して平二だけではありませんでした。あんな処《ところ》に杉など育つものでもない、底は硬い粘土なんだ、やっぱり馬鹿は馬鹿だとみんなが云って居《お》りました。

それは全くその通りでした。杉は五年までは緑いろの心《しん》がまっすぐに空の方へ延びて行きましたがもうそれからはだんだん頭が円《まる》く変って七年目も八年目もやっぱり丈《たけ》が九尺《しゃく》(=約二・七メートル)ぐらゐでした。

ある朝虔十が林の前に立ってゐますとひとりの百姓が冗談に云ひました。

「おゝい《おおい》、虔十。あの杉ぁ枝打《えだう》ぢさないのか。」

「枝打ぢていふのは何だぃ。」

「枝打ぢつのは下の方の枝山刀《えだやまがたな》で落《おと》すのさ。」

「おらも枝打ぢするべがな。」

虔十は走って行って山刀を持って来ました。

そして片っぱしからぱちぱち杉の下枝を払ひはじめました。ところがたゞ九尺《ただ》の杉ですから虔十《けんじゅう》は少しからだをまげて杉の木の下にくぐらなければなりませんでした。

夕方になったときはどの木も上の方の枝をたゞ三四本ぐらゐづつ残してあとはすっかり払ひ落されてゐました。

濃い緑いろの枝はいちめんに下草《したくさ》を埋《う》めその小さな林はあかるくがらんとなってしまひました。

虔十は一ぺんにあんまりがらんとなったのでなんだか気持ちが悪くて胸が痛いやうに思ひました。

そこへ丁度虔十の兄さんが畑から帰ってやって来ましたが林を見て思《おも》はず《わず》笑ひました。そしてぼんやり立ってゐる虔十にきげんよく云ひました。

「おう、枝集めべ、いゝ《いい》焚《た》ぎものうんと出来だ。林も立派になったな。」

そこで虔十もやっと安心して兄さんと一緒に杉の木の下にくぐって落した枝をすっかり集めました。

下草はみじかくて奇麗《きれい》でまるで仙人たちが碁《ご》でもうつ処のやうに見えました。

ところが次の日虔十は納屋《なや》で虫喰《むしく》ひ大豆《いまめ》を拾ってゐましたら林の方でそれはそれは大さわぎが聞えました。

あっちでもこっちでも号令をかける声ラッパのまね、足ぶみの音それからまるでそこら中の鳥も飛びあがるやうなどっと起るわらひ声《わらい》、虔十はびっくりしてそっちへ行って見ました。

するとおどろいたことは学校帰りの子供らが五十人も集って一列になって歩調をそろへてその杉の木の間を行進してゐるのでした。

全く杉の列はどこを通っても並木道のやうでした。それに青い服を着たやうな杉の木の方も列を組んであるいてゐるやうに見えるのですから子供らのよろこび加減《かげん》と云ったらとてもありません、みんな顔をまっ赤にしてもずのやうに叫んで杉の列の間を歩いてゐるのでした。

その杉の列には、東京街道ロシヤ街道それから西洋街道といふやうにずんずん名前がついて行きました。

虔十もよろこんで杉のこっちにかくれながら口を大きくあいてはあはあ笑ひました。

それからはもう毎日毎日子供らが集まりました。

たゞ子供らの来ないのは雨の日でした。

その日はまっ白なやはらかな空からあめのさらさらと降る中で虔十がたゞ一人からだ中ずぶぬれになって林の外に立ってゐました。

「虔十さん。今日も林の立番《たちばん》だなす。」

簑《みの》を着て通りかゝる人が笑って云ひました。その杉には鳶色《とび》(＝赤みがかった茶色)の実がなり立派な緑の枝さきからはすきとほった《すきとおった》つめたい雨のしづくがポタリポタリと垂れました。虔十《けんじゅう》は口を大きくあけてはあはあ息をつきからだからは雨の中に湯気《ゆげ》を立てながらいつまでもいつまでもそこに立ってゐるのでした。

ところがある霧のふかい朝でした。

虔十は萱場《かやば》で平二といきなり行き会ひました。

平二はまはり《まわり》をよく見まはして《まわして》からまるで狼《おおかみ》のやう《よう》ないやな顔をしてどなりました。

「虔十、貴《たかし》さんどごの杉伐《き》れ。」

「何《な》してな。」

「おらの畑ぁ日かげにならな。」

虔十はだまって下を向きました。平二の畑が日かげになると云ったって杉の影がたかで(=たかが)五寸(=約一五センチ)もはひって《はいって》はゐなかったのです。おまけに杉はとにかく南から来る強い風を防いでゐるのでした。

「伐《き》れ、伐れ。伐らなぃが。」

「伐らなぃ。」虔十が顔をあげて少し怖さう《こわそう》に云ひました。その唇《くちびる》はいまにも泣き出しさうにひきつってゐました。実にこれが虔十の一生の間のたった一つの人に対する逆《さか》らひ《らい》の言《ことば》だったのです。

ところが平二は人のいゝ《いい》虔十などにばかにされたと思ったので急に怒り出して肩を

張ったと思ふといきなり虔十の頬《ほほ》をなぐりつけました。どしりどしりとなぐりつけました。

虔十は手を頬にあてながら黙ってなぐられてゐましたがたうとう《とうとう》まはり《まわり》がみんなまっ青に見えてよろよろしてしまひ《い》ました。すると平二も少し気味が悪くなったと見えて急いで腕を組んでのしりのしりと霧の中へ歩いて行ってしまひました。

さて虔十はその秋チブス（＝細菌感染症の一種。チフス）にかかって死にました。平二も丁度その十日ばかり前にやっぱりその病気で死んでゐました。

ところがそんなことには一向《いっこう》構《かま》はず《わず》林にはやはり毎日毎日子供らが集まりました。

お話はずんずん急ぎます。

次の年その村に鉄道が通り虔十の家から三町《ちょう》（＝約三三〇メートル）ばかり東の方に停車場ができました。あちこちに大きな瀬戸物《せともの》の工場や製糸場ができました。そこらの畑や田はずんずん潰《つぶ》れて家がたちました。いつかすっかり町になってしまったのです。その中に虔十の林だけはどう云ふわけかそのまゝ《まま》残って居《お》りました。その杉もやっと一丈《じょう》（＝約三メートル）ぐらゐ、子供らは毎日毎日集まりました。学校がすぐ近くに建ってゐましたから子供らはその林と林の南の芝原とをいよいよ自分らの運動場の続きと思ってしまひました。

虔十のお父さんももうかみがまっ白でした。まっ白な筈《はず》です。虔十が死んでから二十年近くなるではありませんか。

ある日昔のその村から出て今アメリカのある大学の教授になってゐる若い博士が十五年ぶりで故郷へ帰って来ました。

どこに昔の畑や森のおもかげがあったでせう《しょう》。町の人たちも大《たい》ていは新らしく外から来た人たちでした。

それでもある日博士は小学校から頼まれてその講堂でみんなに向《むこう》ふの国の話をしました。

お話がすんでから博士は校長さんたちと運動場に出てそれからあの虔十の林の方へ行きました。

すると若い紳士は愕《おど》ろいて何べんも眼鏡《めがね》を直してゐましたがたうとう《とうとう》半分ひとりごとのやう《よう》に云ひました。

「あゝ《ああ》、こゝ《ここ》はすっかりもとの通りだ。木まですっかりもとの通りだ。木は却《かえ》って小さくなったやうだ。みんなも遊んでゐる。あゝ、あの中に私や私の昔の友達が居ないだらうか《だろうか》。」

博士は俄《にわ》かに気がついたやうに笑ひ顔になって校長さんに云ひました。

「こゝは今は学校の運動場ですか。」

「いゝえ《いいえ》。こゝはこの向ふの家の地面なのですが家の人たちが一向かまはないで子供らの集まるまゝ《まま》にして置くものですから、まるで学校の附属の運動場のやうになってしまひましたが実はさう《そう》ではありません。」

「それは不思議な方ですね、一体どう云ふわけでせう《しょう》。」

「こゝが町になってからみんなで売れ売れと申したさう《そう》ですが年よりの方がこゝは虔《けん》十《じゅう》のたゞ一つのかたみだからいくら困っても、これをなくすることはどうしてもできないと答へるさうです。」

「ああさうさう《そうそう》、ありました、ありました。その虔十といふ《いう》人は少し足りないと私らは思ってゐたのです。いつでもはあはあ笑ってゐる人でした。毎日丁度この辺に立って私らの遊ぶのを見てゐたのです。この杉もみんなその人が植ゑたのださうです。あゝ全くたれ《誰》がかしこくたれが賢くないかはわかりません。たゞ《ただ》どこまでも十力《じゅうりき》（＝仏《ほとけ》さまだけが持つ十の超人的な力）の作用は不思議です。こゝはもういつまでも子供たちの美しい公園地です。どうでせう《しょう》。こゝに虔十公園林《こうえんりん》と名をつけていつまでもこの通り保存するやうにしては。」

「これは全くお考へ《え》つきです。さうなれば子供らもどんなにしあはせ《しあわせ》か知れません。」

さてみんなその通りになりました。

芝生のまん中、子供らの林の前に
「虔十公園林」と彫った青い橄欖岩《かんらんがん》の碑が建ちました。

昔のその学校の生徒、今はもう立派な検事になったり将校になったり海の向ふに小さいながら農園を有《も》ったりしてゐる人たちから沢山の手紙やお金が学校に集まって来ました。

虔十のうちの人たちはほんたうによろこんで泣きました。

全く全くこの公園林の杉の黒い立派な緑、さはやかな匂《におい》、夏のすゞしい陰《かげ》、月光色の芝生《しばふ》がこれから何千人の人たちに本当のさいはひ《さいわい》が何だかを教へるか数へられませんでした。

そして林は虔十の居た時の通り雨が降ってはすき徹《とお》る冷たい雫《しずく》をみじかい草にポタリポタリと落しお日さまが輝いては新らしい奇麗《きれい》な空気をさはやか《さわやか》にはき出すのでした。

あなたが生きていれば世界は変わる――〈わたくしの汲《く》みあげるバケツが〉

あらゆる生き物の「生」は神聖である

一九二七年は賢治の詩の「生産」にとってたいへんに実りの多い一年だったはずです。この年に書かれた詩はどれも非常にすぐれたものばかりだからです。

その前年の八月、三十歳になった賢治は体調を崩していました。一九二六年三月、賢治は花巻農学校を依願退職し、十一月に数日間入院しました。退院後、賢治は再び羅須地人協会で教壇に立ちました。そしてその年の十二月、賢治はチェロをかかえて上京しました（これが七度目の上京でした）。賢治は肺病から完全に回復していたわけではありませんでしたが、チェロやオルガン、エスペラント語（十九世紀後半に作られた国際言語）やタイピングを習いたいと切に願ったのです。これはまさに「アラユルコトヲ……ヨクミキキシワカリ……」といった気持ちに強く突き動かされた行動だったにちがいありません。

「わたくしの汲みあげるバケツが」という一節で始まる、一九二七年作のこのみごとな詩は、夏の終わりごろまでかかってようやく完成しました。賢治が一九二七年以外に詩を書かなかったとしても、それは質、量ともにすぐれていたので、彼は現代の日本で最も偉大な詩人のひとりだと評価されることになったでしょう。

でも、その後、賢治はあまり詩を書かなくなりました。その一年後の一九二八年八月、賢治は高熱を出し、十二月にはひどい肺炎で入院しました。一九二九年と一九三〇年、賢治はろくに働けない状態でした。

この詩には、一九二七年三月二十三日の日付がついています。それは『洪積世《こうせきせい》が了《おわ》って』という名詩の次、「黒と白との細胞のあらゆる順列をつくり」という一節で始まる詩（P.109）の前に書かれました。

このすぐれた詩は、賢治の心理状態、彼が自然をどう感じ取っていたのか、彼が自然のなかでの人間の役割をどう捉えていたのかをはっきりと示しています。

この詩の内容自体は単純です。

賢治が井戸から水を汲みあげると、バケツのなかに一匹の蛾《が》がいます。その蛾はいまにもおぼれ死んでしまいそうです。羽根はずぶぬれで、蛾は飛ぶことができません。

賢治は蛾についての詩をしばしば書いています。蛾は蝶《ちょう》ほど美しくないので、日本の芸術家はあまり好んでこなかったようですが、賢治にとっては、蛾を含むあらゆる生き物の「生」は神聖そのものだったのです。

あなたは、あなた自身と、あなた以外のすべてのために存在している

では、その後、賢治はその蛾をどう扱ったでしょうか？

賢治は蛾をバケツのなかから「気海《きかい》（＝大気）のなかへ」とすくい出してやります。するとすぐに蛾はよみがえり、羽ばたきます。賢治は蛾が飛んでいく様子を「ジグザグ（zigzag）」という英語で形容しています。

ところで、「カオス理論」というものを聞いたことがあるでしょうか？　この理論によると、とあるところで一匹の蝶《ちょう》が羽を打っただけでも、後に他の場所で、台風やハリケーンなど、最初には予想もつかなかった大きな混沌《カオス》が起こるというのです。しかも、わたしたちはこの混沌の大きさを予想することができません。しかし、逆のことを考えれば、この「バタフライ（蝶）効果」のおかげで、一匹の蝶がどこかで台風か竜巻を防ぐこともあるかもしれません。いいことか悪いことか、どちらが起こるかはわかりませんが、賢治にとって、この蛾に再び命を与えることは、自分にとって当然で絶対の義務なのです。

この蛾は単に瀕死状態からよみがえった生き物にすぎないのでしょうか？　いえ、賢治によって命を救われたこの蛾は、大空へと飛び去ることで砂漠に再び「生」をもたらすかもしれないという可能性を秘めているのです。

こう考えると、賢治はわたしたちにこういうメッセージを発しているのかもしれません。

それが一匹の蛾であれ、一草の雑草であれ、たったひとりの人間であれ、この世界に存在しているということだけで、すでに世界を変える力を持っている。もし、あなたが世界にいなくなったら、世界は何も変わらないだろう。でも、あなたがいま、この世界にいて、生き続けるだけで、ほんの少しかもしれないけれど、世界は確実に変わる。

だから、あなたがいまここに存在し、生きていることには、意味と価値が必ずある、と。

さらに、ここで賢治はもう一つ、わたしたちに語っていることがあると思います。

地球上でのわたしたちの役割は動物の命も敬うことだ。溺れているのが一匹の蛾だったとしても、困っている人や子どもと同じように助けてやらなければならない。なぜなら、この世界に存在するありとあらゆるものは、この世界に生まれてきた意味と、果たすべき役割を担《にな》って存在しているからだ、と。

こうした「利他《りた》主義」は人間の最も大切な長所です。「利他主義」という考えは、不思議でも驚きでも矛盾でもありません。この世のすべてがおたがいに「つながっている」と考えるならば、自分とつながっているものが壊れそうになっていたり、危機に直面したりしているとき、それを助けるのは、自分とそれを取りまく他の存在の存続のためには当然すぎるほど当然だからです。

この世界の何かは、それ自身と、それ以外のすべてのために存在している。あなたは、あなた自身とあなた以外のすべてのために存在している。だから、わたしたちは利他的に、つまり、無私の精神で、あらゆるものを扱う必要があります。

自分以外のものを壊したり、他人と争ったり命を奪ったりするのではなく、他の存在を敬い、助けあうことによってこそ、自分も生きられるのだ、ということです。

人間を含め、この宇宙、この地球上のあらゆるものがそれぞれの存在理由と意味と役割を持っています。

だから、あらゆるものが美しいのです。

〈わたくしの汲みあげるバケツが〉

わたくしの汲《く》みあげるバケツが
井戸の中の扁菱形《へんりようけい》(=平たいひしがたの形)の影の中から
たくさんの気泡と
うららかな波をたゝへ《たたえ》て
いまアムバア(=アンバー。琥珀《こはく》色)の光のなかにでてくると
そこにひとひらの
——なまめかしい貝——
——ヘリクリサム(=香りの強い植物の名)の花冠《かかん》——
一ぴきの蛾《が》が落ちてゐる《いる》
なめらかに強い水の表面張力から
蛾はいま溺《おぼ》れようとする
わたくしはこの早い春への突進者を
温《ぬる》んでひかる気海《きかい》のなかへ掬ひ《すくい》だしてやらう《やろう》

ほう早くも小さな水けむり
イリデㇲセンス(=玉虫色)
春の蛾は水を叩きつけて
　　　　　　　飛び立つ
　　　　　飛び立つ
　　　飛び立つ
Zigzag《ジグザグ》 steerer《スティーラー》, desert《デザート》 cheerer《チアラー》.
いまその林の茶褐色の房《ふさ》と
不定形な(=形が一定でない)雲の間を航行する

過去も、未来も、現在に生きるわたしたちの目の前にある──『氷質《ひょうしつ》の冗談《じょうだん》』

賢治が見た、来る《きた》べき世界の姿

賢治は真面目《まじめ》すぎるほど真面目な人間で、疲れ知らずの勤勉な人でした。賢治はその人生を、他人を助けることに捧げることを何よりも強く望んでいました。でも、賢治の物語のユーモアあるエピソードからわかるように、彼はとても明るい一面も持っていました。そのなかには、たとえば、『注文の多い料理店』のブラック・ユーモアもあります。

でも、賢治の詩はたいてい真面目です。しかも、賢治が詩で他人を批判することはあまりありませんでした。例外は『政治家』という詩で、そこで賢治は、政治家を「いっぱい呑《の》みたいやつらばかりだ」と言っています。賢治にしては珍しく、この詩には、人物に対する罵詈雑言《ばりぞうごん》が出てきます。

日蓮宗以外の仏教の宗派にちょっと論争をしかけている詩が、この『氷質《ひょうしつ》の冗談《じょうだん》』です。

詩の冒頭にあるように、舞台は北緯三九度線上にあります。これはちょうど花巻の緯度に当たります。

詩に登場する「白淵《しらぶち》先生」が、花巻農学校の賢治の同僚「白藤《しらふじ》先生」をモデルにしていることはほぼ確かです。白藤先生は花巻の浄土真宗のお寺の院代《いんだい》（住職の代理人）でした。

この詩で、花巻には何が起こったのでしょうか？　これはシュールレアリスム的な空想物語なのでしょうか？

いいえ、そうではありません。これまで説明してきたように、賢治の世界はシュールレアリスムではなく、通常のリアリズム以上のリアリズム(hyper《ハイパー》-realism《リアリズム》)です。賢治の作品は空想の産物ではありません。それは賢治が実際に見たもので、わたしたちにも見てもらいたいと思っているものです。そして、そこには究極的な真実が隠されています。

登場人物はいつの間にか砂漠にいます。

作品のなかの「砂けむり」という言葉は、将来、この場所が砂漠になってしまう恐れがあることを象徴しています。「砂けむり」を「氷凍《ひょうとう》された」と形容する賢治のレトリックは、才気煥発《さいきかんぱつ》です。

賢治は両極端のものやできごとを同時に眺めることができます。これはパラドックスではありません。わたしたちのまわりには、正反対のものさえも一つに包みこみ、あらゆるものをつないで紡《つむ》ぎあげる「インドラの網」のような関係が張りめぐらされているからです。

賢治はまた、固体、液体、気体を同じように扱います。時間を超越した賢治の世界では、固体と液体、液体と気体が共存できるのです。

この詩で賢治はわたしたちに何を伝えようとしているのか？

これまで述べてきたように、過去の世界も未来の世界も、現在に生きるわたしたちのまさに目の前にある、ということです。わたしたちは日常の平凡なできごとに深くかかずらってしまい、それらの存在になかなか気づくことができませんが、そんなこととはおかまいなしに、過去と未来は現在のなかに厳然と存在しています。わたしたちが想像力を働かせてそれらを見ることができるようになれば、まわりの世界に関して知っておかねばならないことのすべてを理解できるでしょう。

進度表(スケジュール表)などを綴じているあいだに、大変な事態が起こりつつあるのです。わたしたちは、それをしっかり見つめ、驚かなければなりません。これがわたしたちの現実、わたしたちの世界だからです。

作品中の言葉を借りれば、賢治は世界のあらゆる苦しみを「極地《きょくち》の海」に沈め、氷結《ひょうけつ》させたいと願っています。賢治はこう考えているのです。人は艱難辛苦《かんなんしんく》、罪悪を無くすことはできないが、それらを胸に抱きしめ、海底に持っていくことができる、と。

現代の気候危機は、人間の責任である

賢治はその詩のなかで、しばしば抒情から通俗へ、詩的表現から日常会話表現へと文体を飛び移ります。この詩で、賢治は「ええ《ええ》、さう《そう》なんです」と言っているところがあります。この発言によって、わたしたちは花巻農学校の教員室へと連れ戻されます。

この詩を通して、賢治はわたしたちにこう伝えています。

地球は、氷から砂漠へ、けむりやもやのかかった大気から透明な青空へと変化する。寒さが暑

さに、水が氷になり、山が崩れ、川の流れが変わる。そして、地球の運命は、こういった激しい変化によって、とんでもなく悪い方向へと変わってしまう……。

これは、まさにいま世界中に起こっている「気候危機」の現実的な比喩ではないか、とぼくは思います。

最後の最後で、賢治は皮肉なひねりを利《き》かせています。現在のできごとをニュースとして書く新聞記者が姿を現し、何事が起こっているのかを見定めようとします。

新聞記者とは、マスコミ、つまり巨大なメディアを意味しています。彼らははたして現状を正確に記録してくれるのだろうか？　本当のことを伝えてくれるだろうか？

もし、そうでないとしたら、他の一般の人々は、いま起こっている現実に気づくことができないでしょう。その意味で、地球の運命は、下手《へた》をすると新聞や他のさまざまなメディアがこの現実について何をどうやって報道するのかによって決まってしまうかもしれません。

では、この『氷質の冗談』を今日のニュースとしてお読みください。

氷質の冗談

職員諸兄《しょけい》　学校がもう砂漠のなかに来てますぞ
杉の林がペルシャなつめに変ってしまひ《しまい》
はたけも藪《やぶ》もなくなって
そこらはいちめん氷凍《ひょうとう》された砂けむりです
白淵《しらぶち》先生　北緯三十九度辺《あたり》まで
アラビヤ魔神《まじん》が出て来ますのに
大本山《だいほんざん》(=最も位の高い寺)からなんにもお触れがなかったですか
さっきわれわれが教室から帰ったときは
そこは賑《にぎ》やかな空気の祭《まつり》
青くかゞやく《かがやく》天の椀《わん》から
ねむや鵝鳥《がちょう》の花も胸毛《むなげ》も降ってゐ《い》ました
それからあなたが進度表などお綴《と》ぢ《じ》になり
わたくしが火をたきつけてゐたそのひまに

あの妖質《ようしつ》(=あやしい性質)のみづうみ《みずうみ》が
ぎらぎらひかってよどんだのです
えゝ《ええ》　さう《そう》なんです
もしわたくしがあなたの方《ほう》の管長《かんちょう》ならば
こんなときこそ布教使《ふきょうし》がたを
みんな巨《おお》きな駱駝《らくだ》に乗せて
あのほのじろくあえかな霧のイリデッセンス(=玉虫色)
蛋白石《たんぱくせき》(=オパール)のけむりのなかに
もうどこまでもだしてやります
そんな砂漠の漂ふ《ただよう》大きな虚像《きょぞう》のなかを
あるいはひとり
あるいは兵士や隊商連《たいしょうれん》のなかまに入れて
熱く息づくらくだのせな《背》の革嚢《かわぶくろ》に
世界の辛苦《しんく》を一杯につめ
極地の海に堅く封じて沈めることを命じます
そしたらたぶん　それは強力な竜にかはって《かわって》
地球一めんはげしい雹《ひょう》を降らすでせう《しょう》

そのときわたくし管長は
東京の中本山《ちゅうほんざん》(=大本山の次の位の寺)の玻璃台《はりだい》にろ頂部《ちょうぶ》(=てっぺん)だけをてかてか剃《そ》って
九条《くじょう》のけさをかけて立ち
二人の侍者《じしゃ》に香炉《こうろ》と白い百合の花とをさゝげ《ささげ》させ
空を仰《あお》いでごくおもむろに
竜をなだめる二行の迦陀《かだ》(=悟りを表す詩)をつくります
いやごらんなさい
たうとう《とうとう》新聞記者がやってきました

最後の詩――『方十里《ほうじゅうり》』

花巻の鳥谷ケ崎《とやがさき》神社には、小さな詩碑が立っています。この記念碑には、賢治が亡くなる直前から二つ前に作ったとされる詩が刻まれています。文中に「稗貫《ひえぬき》」という地名が出てきますが、これは花巻の一地区です。実際、花巻農学校はもともと「稗貫農学校」と呼ばれていました。

一九三三年九月十七日から十九日にかけて、この神社で豊作を祝う祭りがありました。賢治は衰弱が激しく、そこに出かけることはできませんでした。賢治は自宅の前に椅子を置いて腰をかけ、行き交う群衆をじっと眺めていました。その晩はやや寒かったようですが、賢治は痛みをこらえてずっとそこに座っていました。

その数年前に執筆した『眼《め》にて云《い》ふ《う》』に、賢治はもう自分は「だめでせう《しょう》」と書いています。今度もまた、いや、それ以上に、自分はほんとうに死ぬのだろう、と賢治は覚悟していたでしょう。それにもかかわらず、賢治は祭りにやってくる人々の浮かれ騒ぎを見て、自分の痛みを忘れていたのでしょう。賢治は自分がもうあまり長く生きられないことを知っていましたが、他の人が田植えをし、新発明をし、歌を歌い、愛を語ることを想像して、とても幸せを感じていました。

宮沢賢治はたいへんに気難しい人でした。うれしくて有頂天《うちょうてん》になっていたかと思えば、ひどくふさぎこんでしまいました。怒りではらわたが煮えくり返っているかと思えば、すぐにあふれんばかりの細《こま》やかな愛情を示しました。でも、宮沢賢治がさじを投げることは決してありませんでした。賢治の表情にずっと浮かんでいたものを表す言葉は「イツモシヅカニワラッテヰ《いつも静かに笑っている》

ル《る》」だったにちがいありません。

では、その最後の詩の一つを紹介しましょう。

方十《ほうじゅう》里《り》　稗貫のみかも　稲熟《う》れて
み祭《まつり》三日　そらはれわたる

ぼくはこの詩をこう英訳しました。

Is it only in Hienuki and its region
That the ears of rice ripen for the three-day festival?
The sky is clear and radiant

晴れ渡ったその空の下、宮沢賢治は祭りが終わった二日後の一九三三年九月二十一日、三十七歳の若さでこの世を去りました。

あとがき

宮沢賢治は明治時代に生まれ、大正時代を生き、昭和の初期に亡くなりました。

賢治は一八九六年に生まれました。それは日本が日清戦争に勝利した一年後のことでした。近代の日本が初めて起こしたこの大戦争で、日本は新興の列強として世界史の舞台に登場しました。賢治は一九三三年九月に亡くなりましたが、これは満州事変のほぼきっかり二年後のことです。満州事変は大日本帝国陸軍の関東軍の暴徒が中国侵略を「正当化」するためにでっち上げた事件でした。

つまり、賢治は、平安時代以降の日本史において最も波乱に満ちた激動の時代を生き抜いたのでした。この時代は帝国主義的膨張の時代であり、日本人が近代国家というものの存在と意義に目覚めた時代でもありました。明治以前の日本は幕藩《ばくはん》体制をとっていました。たとえば、イタリアも十九世紀に国家統一を果たすまで、強力な都市国家の集合体にすぎませんでした。日本はそれにいくらか似たようなアジア版でした。

賢治が生まれたころ、日本は教育・産業・法制度の近代化を急いでいました。その結果、日本は激しい異論や反論に富んだ国家になりました。特に大都市以外の地域では、対人関係は依然《いぜん》封建的でした。一方、新首都「東京」をはじめとする大都市の変容は西洋流の民主主義的な社会規範を生み出しました。ファッションにしろ、音楽にしろ、演劇にしろ、映画にしろ……。こうしたもののおかげで、大正時代の人々は自由を謳歌《おうか》しました。しかし、その後、このような状況は第二次大戦後までお目にかかれませんでした。

東北の田舎町に生まれた賢治は、この世界に対する驚きと好奇心でいっぱいでした。賢治はこの近代社会を知ったころ、ちょうど大人になろうとしていました。賢治が十六歳になるおよそひと月前に、大正時代が始まりました。賢治は傍観者としてだけではなく、積極的な参加者として、そのきらびやかな動きを吸収しようとしました。賢治は絵を描きました。楽器を演奏し、作曲もし、今日のパソコンにあたるタイプライターの使い方を学びました。しかも、賢治は熱心すぎるほど、こうしたことのすべてに取り組んだのです。

その一方で、日本は自由奔放な民主主義国家から抑圧的な国家へと変わりつつありました。この抑圧は政治・社会的なものでした。国家は、知性や芸術の表現の自由を握りつぶしました。また、あらゆる政治的な自由を暴力的に取り締まりました。このような時代、芸術家や作家、知識人は旗色《きしょく》を鮮明にしなければなりませんでした。日中戦争が激化するまでに、賢治はこの世を去っていました。すでに、多くの作家や知識人は、大日本帝国軍の侵略戦争支持の叫び声を上げていました。戦争を支持しなかった人々はたいていの場合、口をつぐみました。

一方、自分たちが世界とアジアでどのような位置を占めるべきなのかに日本人がとりつかれていたこの時代にあって、賢治が完全にまわりと歩調をあわせることはありませんでした。賢治の物語や詩には、日本や日本人についての言及がほとんどありません。同胞が支持を叫んだり口をつぐんだりしていた、世界における日本人の地位とアイデンティティーの問題に、賢治はまったく関わろうとしていません。当時の編集者や読者が賢治を無視したのは当然です。ぼくはこの本でこのことを繰り返し言ってきましたが、賢治が心の奥底に秘めていた関心事は、同時代の日本人のほぼ全員、世界中の人々とまったく異なっていたのでした。

そうしたものとは別の戦いが起こりつつあるのを、賢治は全身で感じていました。この戦いは、地球上のあらゆる人間が必ず戦うことになるものでした。第二次大戦終結からずい分経って初めて、賢治が抱いていたような見解に気づく人々が現れてきました。

そうした人物のひとりがレイチェル・カーソンでした。彼女は一九六二年に『沈黙の春』という本を出版しました。その本でカーソンは人間が大気や土壌や水を汚染し続ける危険性について警告しました。人々は彼女の主張に耳を傾けたので、彼女の国アメリカ合衆国では自然を保護するたくさんの法律が施行《せこう》されました。

その後になってようやく、人々は人間の動物虐待を意識するようになりました。またもや、西洋諸国では、動物をその最も残酷で無慈悲な天敵――「人間」から守る法律が施行されました。二〇〇八年、スペインの国会は霊長類の権利が法律で尊重されることを布告しました。そうした権利の一つとして、動物が虐待を受けずに生きる権利があります。国が動物の権利を認めたのはこれが初めてでした。

ある種族を絶滅するのはとても簡単です。「リョコウバト」について耳にしたかたはいらっしゃるでしょうか？

ヨーロッパ人がアメリカに移動・定住し始めた十七世紀前半には、アメリカの東部と中西部、カナダの南部には五〇億羽のリョコウバトが生息していたといわれています。当時、リョコウバトは、アメリカに生息する鳥の約三分の一までをも占めていました。

カナダのオンタリオ州の人々が一八六六年に見たものを、自分でも直接目撃できていたら、とぼくは思います。そのとき、リョコウバトの巨大な群れは、まだ大空を覆わんばかりに飛んでいたのです。

この群れがどれぐらい大きかったのか想像できるでしょうか？　その大きさは横幅が一・六キロメートル、長さは四八〇キロメートルでした。そうです。なんと、四八〇キロメートルもあったのです。これは東京・姫路間の距離以上です。その群れには三五億羽がいたと推測されています。横幅一・六キロメートルの鳥の群れが、東京から姫路まで広がっている景色を想像してください。宮沢賢治の作品でも、これほどすごいものは登場しません。

ところが、その五〇年後には、生存しているリョコウバトは一羽たりとも残っていませんでした。南北戦争以前は奴隷用の肉として、南北戦争後は貧しい人用の肉として、リョコウバトは人間によって狩りつくされてしまったのでした。リョコウバトの最後の一羽は、一九一四年九月一日に、オハイオ州シンシナティーの動物園で死にました。そのリョコウバトの名前はマーサと言いました。それは初代大統領夫人マーサ・ワシントンにちなんで名づけられたのです。

人間にとって、自然を破壊したり動物を殺戮《さつりく》したりすることなど、ほんの朝飯前のことです。わたしたちはそれをいとも簡単にやってしまいます。それも、現代に生きるわたしたちは、賢治の時代の人々よりもはるかに首尾《しゅび》よくやってのけるようになりました。

宮沢賢治は、彼の生きた時代と歩調をあわせられなかったかもしれません。でも、皮肉なことに、現代とは完全に歩調があいます。だから、賢治は二十一世紀の作家なのです。

人間は、あらゆる面で地球を破壊し続けています。二酸化炭素の排出のせいで地球温暖化が起こっています。これは、食料生産や沿岸地域での人間の生活に破滅的な影響を与えるでしょう。人間が好き放題に植物や動物を殺してきたので、たくさんの種類の植物や動物が絶滅しました。わたしたちはいま、徐々に押し寄せる巨大な波頭《なみがしら》の上に乗っています。この波はわたしたちの所有物すべてを押しつぶし、わたしたち自身の命のサステナビリティー、つまり持続可能性をも押し流してしまいかねません。

人間の貪欲《どんよく》のせいで、わたしたちは大量破壊をともなう数々の戦争を起こし、自分こそが「所有すべき」だと決めつけて、他人からあらゆるものを略奪しています。

賢治はその日常生活と執筆活動をするなかで、三つのことに取り組みました。地球の天然資源をつかの間の利益のために搾取《さくしゅ》せず、それを保存するよう、賢治はわたしたちに願いました。そして、動物が持つ尊厳を認め、動物にも優しく接するよう求めました。さらに、悪を相殺《そうさい》するためにそれを受け入れ、他人の怒りや悩みや悲しみを自分自身のものとして引き受けるために人生を他人にささげるよう、賢治はわたしたちに諭《さと》しました。

賢治が生まれた時代の人々は、このようなメッセージをどう捉えたのでしょうか？　その時代の日本は植民地を支配する超大国になろうとし、また実際にそうなりつつありました。戦後、高度経済成長期を生きていた日本人は、どれほど真剣に賢治と向きあったでしょうか？　その時代の日本人は、富とぜいたく品の獲得に血眼《ちまなこ》になっていました。

一九九五年一月に阪神淡路大震災、同年三月に東京で地下鉄サリン事件が起こって初めて、人々はこの「子ども向けの空想小説家」に改めて注目するようになりました。それでも、九〇年代なかばの「最初の賢治ブーム」はあまり長続きしませんでした。

日本人は自分だけの小さな心地よい世界に閉じこもりました。日本は、韓国や中国に対して競争力を失い始めました。若い人たちは、海外に行って新しいことを学ぶ意欲を失いました。日本人が望んだのは「小さな幸せ」で自己満足することだけでした。

そして、二〇一一年三月十一日がやってきました。再び、日本人は絶望的な混乱に投げ出されたのです。わたしたちはいったいどこに向かっているのか？　どうすれば、わたしたちは幸せと希望をもって生きることができるのか？

賢治は一〇〇年前、すでにその答えを知っていました。他人を幸せにすることに喜びを見出そう。そうすれば、他人だけでなく、あなたにも希望が生まれるだろう。わたしたちが地球上で存続できるかどうかは、おたがい同士が争うことではなく、どれだけ助けあい、協力しあえるかにかかっています。このことはアフリカ大陸で暮らしていたわたしたちの先祖が他の大陸に移住しようとした数万年前にも当てはまりました。

他人を疎外し、仲間はずれにするのはとても簡単です。でも、それは結果的に、自分が疎外され、仲間はずれにあうことになるのです。

相手をいじめたり、相手につらく当たるのは簡単です。でも、それは結果的に、自分がいじめられ、相手からつらく当たられることになるのです。

他人を殺すのはとても簡単です。でも、それは結果的に、自分も相手に殺されることになるのです。

微笑みと差し出された手のひらは、しかめ面とげんこつよりはるかに強い力を持っています。

賢治の最も有名な詩、『雨ニモマケズ』には、ご存じのように次のすばらしい一節があります。

東ニ病気ノコドモアレバ
行ッテ看病シテヤリ
西ニツカレタ母アレバ
行ッテソノ稲ノ束《たば》ヲ負《お》ヒ《い》
南ニ死ニサウナ《そうな》人アレバ
行ッテコハ《こわ》ガラナクテモイヽ《いい》トイヒ《いい》
北ニケンクヮ《けんか》ヤソショウガアレバ
ツマラナイカラヤメロトイヒ

ここで賢治が言っている、東、西、南、北という方角は、決して岩手や日本の東西南北だけを指しているのではないと思います。これは、地球の、世界中の東西南北を意味しているにちがいありません。

性別、人種、国籍などを問わず、病気の子ども、疲れた母、死にそうな人、喧嘩や訴訟をする人がいれば、自分は世界の果てまでにも行って、そんな人たちのために自分ができる限りのことをして、少しでも幸せにしてあげたい。

それが、賢治が生涯思い続けた真のメッセージです。

日本だけではなく、いまこの世界に生きるすべての人々にとって唯一の、そして最も大切なこと。それは、賢治が自分自身に誓った次の一節を思い出し、それを自分と世界に向けて大声で自信満々に叫ぶことです。

サウイフ《そうい》モノニ
ワタシハナリタイ

著者略歴

ロジャー・パルバース
(Roger Pulvers)

1944年アメリカ生まれ。作家／劇作家／演出家／東京工業大学明センター長。ハーバード大学大学院ロシア地域研究所で修士号を取得。その後、ワルシャワ大学とパリ大学への留学を経て、1967年、初めて日本の地を踏む。以来、ほぼ半世紀を日本で過ごす。その間、精力的に日本各地を旅し、そこに住む人々や文化、風土、言語の特異性に直に触れるいっぽう、様々な文化人と、深く親密な交流を結び、世界にまれな日本と日本人のすぐれた特質と独自性に驚嘆。大島渚監督作品『戦場のメリークリスマス』の助監督などを経て、執筆活動を開始。著書に、『旅する帽子—小説ラフカディオ・ハーン』『ライス』(ともに講談社)、『日本ひとめぼれ』『英語で読み解く賢治の世界』(ともに岩波書店)、『新バイブル・ストーリーズ』(集英社)、『もし、日本という国がなかったら』(集英社インターナショナル)など多数。日本での劇作家としての仕事は、小泉堯史(たかし)監督作品『明日への遺言』(2009年テヘラン国際映画祭・脚本賞受賞)など。深く敬愛してやまない宮沢賢治の作品の英語翻訳にも数多く携わる。その功績から、2008年、第18回宮沢賢治賞を受賞。

賢治《けんじ》から、
あなたへ
世界《せかい》のすべてはつながっている

2013年2月28日　第1刷発行

著　者　ロジャー・パルバース
訳　者　森本奈理《もりもとなり》

発行者　館孝太郎

装　丁　刈谷紀子（P-2hands）
デザイン　高木巳寛（P-2hands）

挿　絵　ルーシー・パルバース

発行所　株式会社集英社インターナショナル
〒101-8050 東京都千代田区一ツ橋2-5-10
電話 03-5211-2632（出版部）
発売所　株式会社集英社
〒101-8050 東京都千代田区一ツ橋2-5-10
電話 03-3230-6393（販売部）03-3230-6080（読者係）

印刷所　図書印刷株式会社
製本所　株式会社ブックアート

ISBN978-4-7976-7241-1 C0095